大荒青衣

王楼 著

DAHUANG
QINGYI

百花洲文艺出版社
BAIHUAZHOU LITERATURE AND ART PRESS

图书在版编目（CIP）数据

大荒青衣 / 王楼著. -- 南昌：百花洲文艺出版社,2019.3
ISBN 978-7-5500-2253-9

Ⅰ.①大… Ⅱ.①王… Ⅲ.①长篇小说－中国－当代 Ⅳ.①I247.5

中国版本图书馆CIP数据核字(2019)第019427号

大荒青衣

王 楼 著

出 版 人	姚雪雪
责任编辑	郝玮刚　蔡央扬
封面设计	黄敏俊
制　作	周璐敏
出版发行	百花洲文艺出版社
社　址	南昌市红谷滩新区世贸路898号博能中心A座20楼
邮　编	330038
经　销	全国新华书店
印　刷	江西千叶彩印有限公司
开　本	710mm×1000mm 1/32　印张 9.25
版　次	2019年5月第1版第1次印刷
字　数	190千字
书　号	ISBN 978-7-5500-2253-9
定　价	38.00元

赣版权登字 05-2019-17

邮购联系 0791-86895108
网　址 http://www.bhzwy.com
图书若有印装错误，影响阅读，可向承印厂联系调换。

总有些东西永恒，比如爱与正义！

序：寻找，就寻见

前不久出席在乌镇举办的一次教育会议，途经上虞，忽然想起曹娥碑，导航搜了一下，只有五公里远，遂开了个小差驱车前往，夙愿得偿。"黄绢幼妇，外孙齑臼"，是蔡邕题在曹娥碑上的文字，隐"绝妙好辞"。这被后人认为是中国最早的文义谜。这条谜，以及当年曹操和杨修在此斗智的故事，早已成为千古美谈。

今天想起这件事，跟王楼有关。恰好那时他找我给他的新著写序。化学教师出身，现在做学校管理的我，给一部文学作品写序，心里难免打鼓。我算王楼的老乡，也是他的师长，还一度是他的领导，当然，更是他忘年的朋友。他的请求自然不能推却，这算是我接下这任务的全部理由。王楼做的事我一直都在关注，很看好他在做的山海经项目，更看好的，自然是他这位爱"折腾"的青年。

纵横万千年，驰骋千万里，《山海经》是一部充满神奇

1

色彩的文化奇书。其中很多常人无法想象的神异鬼怪，成为自其以后中国无数文学作品构造艺术形象的原型。在IP（知识产权）作品发展异常迅猛的今天，其中的神话人物，也必将成为影视作品的新宠，担当起更多创作原型的重任。王楼，深入《山海经》掘金，是很有眼光的。用心地阅读了王楼的这篇小说，事实是，他的创作也没有让我失望。

和王楼的最近一次对话中，他有这样一句话让我听了很动容："我也真心希望教育这块能让所有学生自始至终都永葆一种近乎璞的想象与力量。"今天，应试的教育"只做题"，应付的教育"多做假"，应景的教育"常作秀"，孩子们的好奇心和想象力，差不多被消磨光了才能走出校门。王楼有这样清醒的呼吁，很是难得。

《大荒青衣》注入了王楼的很多心血，我能在字里行间真切感受到他说的这种"璞的想象与力量"，所以我不敢也没有资格增删一字，因为我希望每位读者徜徉其间都能看到不一样的风景，这是他很了不起的地方。

时光不可逆转，但一个人的记忆却是可以回放的，这应该是弥足珍贵的东西。我看着王楼一路坚持走来，跌跌撞撞，不断突围。记得当年他给我发第一封邮件便是为了书稿的事，他提及在翔宇教育集团宝应中学读书，而且相信文字感动生活，那时我就记住了王楼这个名字，我觉得这是一个很奇妙的缘起。第一封邮件我回复得较为仓促，刚翻到跟其来往的第二封邮件，比较有代表性，我觉得某种意义上不失为一个很好的注脚，也希望读者能认识一个更为真实的王楼。下面是我的这封邮件的摘抄：

　　我把你的作品，推荐给儿童文学作家童喜喜一读。想听听她的看法。这封信是童喜喜5月份就发给我的。我一直犹豫着没有发给你。

　　一是，出版问题没能敲定。喜喜有很好的合作出版社和责任编辑。如果可以出版，她就会首先推荐给她的责任编辑。她觉得作品还需要打磨。

　　二是，我吃不准你面对别人的评价，和这个结果，是不是有足够豁达的心境，怕影响你的创作激情。

　　在2012年末的今天，我把这封信发给你。

　　童喜喜对你文字和才气高度评价，这和我的感受是一样的。

　　多少著名作家，都有几乎相同的经历：遭遇很多次的退稿。虽然这些被退回的稿子，待作家成名后多成了出版社竞相争抢的珍宝，但是成名之前那段退稿故事，却持续在上演着。

我想给你一些资助。

不是资助你出版，而是资助你继续创作。

不要在意目前是否出版。

厚积薄发的道理，你肯定比我更懂。

沉住气，耐住寂寞。这条道路注定不平坦。但值得你坚定地走下去。

一切苦难都是财富。

莫言获奖，我想更应该是对你和所有文学青年的鼓励。

你希望我给你怎样的帮助，对你是最需要的，你就直接告诉我。一定不用客气。祝好！

公开晒私信往来似有不妥，但我想表达三点：一是对自己当年未能实质性帮到王楼感到歉意，那时的他应该是最渴望得到别人帮助的，虽然我以为让他到翔宇总校办工作也是一种支持，但我现在知道，那不是他需要的；二是对王楼矢志不渝的坚持表示由衷的赞叹，这种精神难能可贵；三是对王楼未来道路的期许，相信接下来一定是他的最好时代。

王楼倔强地保持着很多动人的细节，比如读书，比如写作。这些本该平常的行为在时光飞逝中竟变得愈加奢侈，不免令人痛心。书柜里还存放着王楼当年寄来的一些出版的书和一些手写的信件，我很喜欢，不是因为技法精巧、专业深厚，或学术超群，而是这种行为本身便是一种美。还有什么比情真意切更直抵内心？还有什么比锲而不舍更让人眼前一亮？还有什么比忠于初心更不负韶光？

王楼刚上大四那年跟我讲了段心事，我很庆幸自己能成为一位少年的知心朋友，我是晚上忙完才看到他给我发的信息，他说坐在图书馆看着眼前一眼望不到头的书瞬间感觉自己很渺小、很迷茫，身边同学有人忙着考研，有人忙着找工作，家境好的忙着出国，而自己十年寒窗到头来竟发现找不到真正的价值所在……他应该说出了很多人的心里话，这也是值得我们每一位教育工作者思考的话题。那一天，我下定决心将他拉进翔宇，尽管后来他还是选择了离开，无可厚非，就像我当年离开公办重点中学，到淮安外国语学校做首任校长，在周恩来纪念馆边上，闯民办教育的天地。很多时候，所谓的忠诚是一个悖论，所以我一直鼓励师生们在厚积薄发的同时要勇于创新开拓。

我相信每一个生命一定会找到自己的出路，我也一直跟自己的学生们强调要"立长志，而非常立志"，尽管不是耳提面命，但王楼记住了我的这句话。古人云，"志不强者智不达""志大则才大，事业大；志久则气久，德性久。"经典的力量是取之不尽用之不竭的，关键是：你愿不愿意跋涉远方，你敢不敢攀登高峰，你能不能忍受孤独？我坚信：寻找，就寻见！

"黄绢幼妇，外孙齑臼。"以此八字转赠王楼君，期待他更多的"绝妙好辞"。只要上路，就一定会有庆典！记得常回来看看，翔宇以你为荣！

卢志文

翔宇教育集团总校长，新教育基金会理事长

目 录

楔　子

丹青水墨渐染，说书人曰："天地初创，三界混沌，多年乱战，神界居于九天，人界居于陆地，冥界居于地府。神界经过诸神努力最终胜出统领三界，但俊与刑天就天帝之位鏖战七天七夜，不相上下，最终俊取出集聚九州山川灵气的《五藏山经》将刑天身首异处镇压于昆仑山下，天下归一，但故事并没有真正结束。"

九天之上云层翻涌，电闪雷鸣，刑天与俊对峙斗法以争天帝之位。刑天操大斧和盾牌，俊则以日月之光护体并反击，刑天以盾牌挡住攻击并用大斧挥出洪荒之气，七天七夜，不相上下。俊最终决定使出最后一招，双臂舒展，然后双掌合起缓缓平放于丹田，只见川泽的灵气像萤火虫一般汇集到俊的身边并幻化成"竹简"，"竹片"及上面的符号愈加光亮，天地为之撼动，风云为之涌动，俊随即将其注向刑天。果不其然，此"竹简"将刑天周身裹住并越卷越紧，将刑天的防御一举击垮，刑天用巨斧竟劈不开这道"竹简"
的包围，反倒把自己震得踉跄。俊随即用日月之光将刑天斩
首，并用此将其封印镇压于昆仑山下。

"我一定会回来的……"这是刑天被镇压前的最后一句
话。

第一卷　古今中外玉门关

狂风吹灭了大洋彼岸一位老水手的生命之火，也将一位名唤波罗的少年吹向了遥远的东方，关于不死族和不死树的传说让少年坚信生命如星辰，总有一颗闪烁着心底的念念不忘……

Chapter 1

阳光灿烂，哈佛大学的报告厅里人头攒动，著名天文学家卡尔·萨根博士正在给学生做一场精彩的科普讲座，大屏幕上随着博士的讲解切换着酷炫的宇宙星图。

卡尔·萨根："想象一下，如果把宇宙138亿年的历史压缩到1年，会是何种情形？很明显，时间加速了。在这个日历里，每一秒相当于438年，每小时相当于158万年，每一天相当于3780万年。"博士顿了顿，"所以，我亲爱的伙伴们，我们都很年轻，连一秒钟都不到。我妈总是对我爸说

'嘿，我永远18岁！'天呐，她亲眼见证了宇宙的诞生。"

意大利学生乔丹·波罗主修天文学，此时他手里捧着几本书正匆匆打开报告厅的大门，他宿舍的闹钟出了点问题，起床时太阳已经晒屁股了。"Shit（该死）！"乔丹·波罗皱眉嘀咕了一声，赶忙穿衣服收拾东西往报告厅赶，他可不想错过大名鼎鼎的卡尔·萨根的专场报告。

"哈喽，我能为你做点什么？"卡尔·萨根在乔丹·波罗开门的时候问。

"对不起，我是乔丹·波罗，您忠实的粉丝。"乔丹·波罗回答。

"乔丹，嗯，也许你该抱着个篮球飞过来，就像地球绕着太阳一样。"卡尔·萨根调侃道。

"也许可以试试，谢谢！"乔丹·波罗耸耸肩就近找了个空着的座位坐了下来，身边是一位金发美女。乔丹·波罗翻开自己随身携带的一本古旧的书，书名《波罗游记》，封面上赫然印着两行字，中文的意思是：

总有些故事你不信

但他们确实是历史

书卷里面放了张类似羊皮卷制成的星图，没人知道它由什么材料制成，遇水不烂，遇火不燃，很是神奇。这是一张最古老的星图——《龙虎北斗星图》，绘制距今已有6500年左右，乔丹·波罗家族世代相传，据说来自神秘的东方古国——中国。

金发美女撩发打招呼："嘿，我是艾莉丝，它看起来很酷。"艾莉丝朝乔丹·波罗手上翻阅的羊皮卷示意了一下。

乔丹·波罗笑说："谢谢，艾莉丝，我父亲告诉我说它是曾曾曾曾曾……祖父传下来的，我很喜欢它。"

艾莉丝："有意思！除了天文，你还有什么特别的嗜好吗？不是抽烟喝酒或泡妞的那种。"

乔丹·波罗："嗯，事实上，我特别喜欢探险，一切古老的玩意，都令我彻夜难眠，就像卡尔·萨根博士所研究的。"乔丹·波罗说着朝主席台方向示意了一下。

艾莉丝："哇喔，酷！"

乔丹·波罗耸耸肩："也是家族遗传的。"

台下哄堂大笑，卡尔·萨根穿插其间，继续说："1月1日，砰，大爆炸；5月1日，银河系诞生；9月9日，太阳系诞生；9月14日，没错，我们的地球诞生；12月24日，哇哦，恐龙出现；很可惜，4天后，它又灭绝了；跨年之夜的晚上10:30，第一批人类出现；一个多小时后，也许你正在吃宵夜，天寒地冻，最近一次冰期开始；很神奇，3分钟后，人类进入农业社会；15秒后，新石器时代开始，人类有了第一个城市；再过15秒，天文学开始发展，对的，天文学；其实最精彩的还是这一年的最后一秒，我们创造了我们现在看到的所有，计算机、互联网，以及登陆月球……"

艾莉丝突然举手提问："接下来会发生什么，卡尔·萨根博士？"

卡尔·萨根切换大屏幕影像，说："好问题，让我们看一下，基于现有的研究数据，我们认为太阳在第二年的5月2日会变成红巨星，5天后，也就是5月7日，它将变成白矮星，这意味着什么？"

一位学生喊道："公鸡不会再打鸣叫你起床。"

卡尔·萨根笑道："我喜欢你的幽默，老鼠也会困惑'为什么我们要永无休止地工作？我们的祖先可是休忙参半啊'。也许困惑的不只是老鼠，不只是猫头鹰，不只是山野间的狼，而是我们所有的生物，包括人类，我们将何去何从？或者，我们还有机会看到太阳变成红巨星乃至白矮星吗？"

卡尔·萨根顿了顿："你所爱的每一个人，你认识的每一个人，你听说过的每一个人，曾经存在过的每一个人，都在地球上度过他们的一生。我们的欢乐与痛苦聚集在一起，数以千计的自以为是的宗教、意识形态和经济学说，所有的猎人与强盗、英雄与懦夫、文明的缔造者与毁灭者、国王与农夫、年轻的情侣、母亲与父亲、满怀希望的孩子、发明家和探险家、德高望重的教师、腐败的政客、超级明星、最高领袖、人类历史上的每一个圣人与罪犯，都住在这里——一粒悬浮在空气中的微尘。我们都是星尘，这一刻，你活着，这是一件了不起的事。你生活在这个星球上，呼吸着空气，喝着水，享受着最近的那颗恒星的温暖，你的DNA世代相传……"

乔丹·波罗又看了看用手指夹着的书的封面，然后将其翻开，盯着手里的古老星图发呆，图案是东方的苍龙和西方的白虎，上方是像勺子一样的北斗七星。此刻，耳畔掌声四起，但他盯着北斗七星似乎陷入了回忆，掌声被潮水声代替，一幕幕家族流传的故事开始在脑海闪现。

Chapter 2

后来属于意大利的一座僻静的小岛，原始的石砌建筑，远看灯火稀疏，但天空星光璀璨，月亮很圆。波罗是祖父从非洲海岸一个漂着的木盆里捡回来的，此刻尚年幼，正躺在祖父的帆船甲板上看着古老的星图《龙虎北斗星图》，波罗的祖父正拖拽着一箱鱼往甲板的另一头走去。

祖父："每个人死后都会变成一颗星镶嵌在这浩瀚的宇宙星辰里，所以每颗星都有故事。我的孩子，小心大鱼吞了你手上的这玩意，然后游到大海的另一头被人开肠破肚，它可是我最看重的一件宝贝。"

波罗："它看起来如此破旧不堪。"

祖父头也不抬地说："有人想把名字刻在石头上不朽，那么问题来了，那石头原本只是一块石头，但刻名字的人肯定不会这样想。"

波罗："你的意思是，这只龙、这只虎，还有这把勺子是你画上去的？"

祖父摇头："不，不，我可没有这般见识，我有一个老朋友，他也喜欢收罗全世界这样那样神奇的东西，有次他出海去了最东面，一个神秘的东方国度，我花了一大箱火腿和奶酪才跟他换回你手上拿的这玩意，他可比我勇敢多了，那时还没有你。"

波罗："后来呢？"

祖父从鱼箱里掏出一条小鱼扔回了海里，扶着船舷望着大海说："后来，他消失在了海里，就像这条鱼一样，是的，像条鱼。对了，看，这个圆是我画上去的。"祖父说着的时候抬头顺着桅杆伸手指着破旧帆布上的那个大大的圆，空心的圆。

波罗："那是月亮吗？"

祖父笑着说："夜晚是月亮，白天是太阳，或者，是我们脚下的这片土地。"

祖父言罢又从甲板另一头的袋子里掏出一瓶酒喝了两口，眺望着北方，说："看，那把勺子。"

波罗惊呆了："哇喔，奇迹啊！"

祖父："是啊，奇迹！哦，对了，你咋知道另外两玩意是龙和虎的？"

波罗："你跟我讲过。"

祖父耸耸肩："好吧。"

星空璀璨，波光粼粼，帆船继续缓缓驶向小岛，祖父和波罗大喊："我们回来啦，我们回来啦，我们回来啦……"

Chapter 3

祖父拖着两大箱东西上了岸，波罗在后面一手按着一个帮忙推着，小岛很小，岛民们住得很近，此刻大家都忙得不亦乐乎。

一个伙计在收拾渔网，冲着波罗祖父打招呼："嘿，回来啦！"

祖父耸耸肩说："是的，安全抵达，我的家。"祖父转头看着波罗说了句，"加把劲，小伙子。"

一位老年妇女正坐在门前台阶上浣洗衣服，说："哈喽，晚上好。"

祖父从鱼箱子里掏出几条鱼放在老妇女脚边空着的一个木盆里，说："也许你该给盆里多加点水。"

老妇女感激地说道："谢谢你，我的朋友，愿好运永远相伴。"

祖父跟波罗在小货摊前停了下来，小货摊的主人是祖父的好朋友，祖父弯腰在另一个箱子里找什么。

波罗："你在找什么，我的祖父？"

祖父："好像是一样东西，对，没错，是一样东西，在这。"

祖父拿起一卷黑乎乎裹好的东西放在小货摊光线昏暗的石桌台上，说："嘿，好久不见，安东尼奥，你在西西里的兄弟给你捎的不知什么玩意。"

安东尼奥："噢，谢谢你，他还好吗？"

祖父耸耸肩："也许吧。"

安东尼奥随即倒了两杯酒放在彼此面前，说："要喝两杯吗，我的老朋友？"

祖父端起一杯一饮而尽，说："谢谢，一杯足矣。"

祖父说罢从鱼箱子里掏出几条鱼放在桌面上，鱼还是活蹦乱跳的，把包裹都沾到了，吓得安东尼奥赶忙把那卷东西挡住收好。

安东尼奥："噢，我的兄弟。"

祖父："四条鱼，换瓶酒，我带走。"

安东尼奥取出两瓶酒："你随便就好，另一瓶算我的心意。"

祖父说："谢谢，我们走。"随即朝身边的波罗示意了一下，波罗刚把从桌上蹦下来的一条鱼抓好放回桌上。

两人刚离开，安东尼奥就被一条蹦到脸上的鱼急得骂脏话："该死！"

波罗祖父家跟岛上很多人家一样是石砌的外墙，家里就是波罗和祖父、祖母三人，房间不大，略显杂乱，但很温馨。

屋外犬吠，祖母正在收拾东西，看见两人回来，惊叫道："噢，亲爱的，这是你出远门回来最快的一次。"

祖父在摆弄箱子，说："我可不想让小家伙跟着我冒险。"

波罗昂起头说："我根本不害怕。"

祖母一把搂过波罗，说："噢，我勇敢的孩子，让我仔细看看，就是晒黑了点，嗯，也瘦了点，还好，今晚终于可以睡个安稳觉了，不过睡前先让我给你们做一顿丰盛的鱼肉盛宴犒劳下。"

波罗："谢谢你，我的祖母。"

祖父朝波罗挥挥手："来吧，我勇敢的孩子，帮个忙。"

波罗跟着祖父把另一个装满奇形怪状物件的箱子搬进了

里屋，他对祖父的屋子向来充满好奇，屋子的墙壁被祖父画满了估计只有祖父自己能懂的符号图形。随着波罗的渐渐长大，他逐渐感觉到这些符号图形背后似乎蕴藏着这个世界不可言状的力量，这也是祖父每次出海留下的最好纪念。

波罗指着最大的一块问："这是哪座山？"

祖父回头看了看，笑说："你小子不赖嘛，竟能一眼看出这是山，是的，它是一座山，一座很大的山。"

波罗："你去过？"

祖父摇摇头，翻出那卷《龙虎北斗星图》："还没，但我朋友去过，就是给我这玩意的那位。"

波罗："你准备去吗？"

祖父："当然，不过，你必须学会那里的语言，不必精通，至少要懂些基本的，要知道，语言确保了文明得以沟通乃至流传，就像这墙壁上的涂鸦，我可不想在他们决定杀我时还说谢谢，这是天大的笑话。"

波罗："这座山叫什么名字？"

祖父："昆仑山！那是一个神秘的东方古国，据说那里有个不死族，部落里长满了不死树，吃了不死树树叶的人永远不会死。"

波罗："棒极了！是真的吗？"

祖父笑着说："你信，它就是真的，所以，你信吗？"

波罗似懂非懂地点点头："是的，我信！"

祖父笑着摸了摸波罗的头说："好孩子！"

波罗问："那您什么时候启程？"

祖父："也许明天，也许，永远不会。"

波罗："为什么？"

祖父叹了口气："你知道，你祖母经常说自己18岁，就像我时常嚷嚷自己仍然年轻，像大海般狂野气盛，但大海还是10年前的大海，而我，10年前可不是这样，你瞅瞅这胡须，喏。"

波罗："我已经迫不及待要去了，一起去。"

祖父拍了拍波罗的肩："好，一起去，但不是今天。我也迫不及待要跟大伙分享一下我的所见所闻了，他们应该等急了。"

波罗透过窗户看见祖父屋外有一群人燃起了篝火，他们在交谈畅饮着，祖父走过去的时候他们都很欢迎，因为祖父会给他们讲很多世界各地光怪陆离的事，像一个描绘世界的行者。祖父是撬动波罗对外面世界展开奇异想像的一把钥匙。

波罗转身一个人盯着墙面发呆。

祖母突然在外大喊："波罗，吃饭了。"祖母见屋子里没反应，推开房门笑意盈盈站在门口又说了遍，"噢，我的孩子，我以为你不在这呢，鱼肉盛宴准备好了，收拾一下，来吧。"

波罗轻轻"哦"了一声，回望着墙面，缓缓离开。

Chapter 4

时间一晃过了十年，波罗成年，月黑风高之夜，屋外燃起一堆篝火，这情景似曾相识，只不过围坐在一起的都是跟波罗年纪相仿的年轻人。

波罗："我的祖母总让我学做生意，可是我心底的声音告诉我，我讨厌跟鱼腥味打交道，我更喜欢像我祖父那样驾驶着一艘属于自己的船，追一条鱼，征服大海。"

一位美女喝了口酒说："那是个好主意。"

波罗："外面的世界超乎我们想象，就像我祖父跟我说的，在最东面，在海的尽头，有一个神秘的东方古国。我私下也偷偷研究了很多年，包括他们的语言，你们知道吗？那里竟然还有一种昼伏夜出的尸体，那玩意脖子跟断了似的，头发还披着，缺一只手，我真不能想象到底是什么样。"

另一个戴帽子的美女把帽子拿下来，披头散发模仿起来，一只手垂着，一只拿帽子的手藏到身后，说："噢，我会杀了你、你和你……是这样吗？"

狂风渐起，吹着她的头发和中间的篝火。

全体大笑，一个小伙子说："酷，也许和木乃伊有一拼。"

之前喝酒的那个美女说："他们相遇的时候也许会说，'噢，我西方的兄弟。'另一个也会惊讶地说，'噢，我东方的兄弟'，对吗？"

刚刚的小伙子说："也许还会相拥而泣。"

喝酒的美女继续喝了口酒，说："你相信那是真的吗？"

波罗："你信，那就是真的，就像这漫天的星辰，一条龙，一只虎……"

波罗说着抬头望天，还没说完就发现情况不妙了，今晚没有星空，阴云密布，狂风渐渐猛烈，是暴风雨要来的前奏。

刚模仿尸体的美女头上戴着的帽子也被风吹走了，她大喊："噢，我的帽子。"

另一个小伙子喝了口酒说："还好不是头颅。"

波罗："也许今晚的分享宴会可以到此结束，做个好梦。"

大家摆手说再见和晚安，波罗一个人盯着远处的海面望了望，已经看见了阴云下的闪电，今晚的暴风雨似乎要比之前的任何一场都要恐怖。

波罗进屋时祖母正在祈祷，他知道祖母是信奉神灵的，祖父每趟出海前她至少祈祷一次。祖母口中念念有词，波罗早习以为常，遂径直走过并不在意。

波罗："晚安，我的祖母。"

祖母："晚安，我的孩子，好运永远伴随你和你的祖父。"

波罗小时候跟祖母睡，长大了他就睡祖父的房间，因为祖父常年出海不在家，而波罗也很喜欢盯着祖父房间里的各种玩意发呆。今晚的窗外电闪雷鸣，狂风暴雨，波罗躺在床上，对面正好是祖父画的昆仑山及《龙虎北斗星图》的壁画版，虽寥寥几笔，但耐人寻味。

波罗吹灭了油灯，躺下睡觉。

夜色已深，也不知过了多久，窗外的雷雨声停歇了，月亮也出来了，波罗迷迷糊糊地梦见了祖父，年幼的自己和祖父正在海上，狂风暴雨，帆船猛烈地晃动着，像漩涡里的一片枯叶，祖父正站在甲板上淋雨，波罗躲在船舱里只能看见祖父的背影。

祖父举起双手仰天长啸："我的孩子，总有些东西永恒，比如爱、正义，或者你正在追寻的什么！"

波罗问："我正在追寻什么？"

祖父："任何东西，或者什么都没有，上苍早已让时间之神安排好了。让暴风雨来得更猛烈些吧！"祖父说到最后一句时近乎声嘶力竭，在颠簸的甲板上颤抖着臂膀，像是在向上苍祈求着什么。

一排巨浪卷过来，势不可挡地扑向甲板和祖父。

波罗被这个梦吓醒了，窗外月光皎洁，星空璀璨，海岛的气候总是这么变化多端，让人捉摸不透。

波罗看见远方的海面上冉冉升起了一束光，像一颗流星，只是流星一般都是向下划过，而远方的这颗却向上升起，浩瀚的星辰似乎是这颗星星最终的归宿，波罗趴在窗户上看得愣住了。

波罗喃喃自语："我的祖父……"

Chapter 5

太阳射进屋内，小岛也开始热闹起来，窗户外面有人在来回走动着。昨晚围坐在一起听波罗讲故事的几个少男少女冲向波罗的房间，房门锁着，他们拼命地敲门。

他们边敲边喊："波罗，波罗，开门，波罗……"

波罗光着脚，睡眼惺忪地打开门，说："嘿，早啊，伙计们，不是约好晚上再见的吗？"

一个男的说："嘿，波罗，也许这是个不太好的消息，但是我们确实在海岛边发现了一条船，好像是你祖父的那条。"

一个女的补充道："是的，他说的是真的，一条船的残骸。"

波罗如梦初醒，瞪大眼说："什么？"随即拨开眼前的几个伙伴拔腿冲出了门。

几个伙伴紧随其后，大喊："波罗，等等，波罗……"

祖母端着碗从房间里出来正好看见波罗他们，笑意盈盈地说："噢，我的孩子，你的早餐已经准备好了。"

波罗根本无暇顾及其他，光着脚穿过居民区，伙伴们紧随其后，此时正是早间集市时间，鸡鸭鹅鸟、鱼虾海鲜等均可以拿来交换，好不热闹，波罗等人的行为惊吓到了缓步踱行的路人。

各种声音掺杂着："嘿，波罗！""早啊，伙计们！""噢，天呐，一群疯子！""噢，该死！"

波罗跑得比较快，并不跟路人搭话，倒是跟随其后的一群伙伴在应付被惊坏的路人。

有个卖鸡的人鸡笼被搞翻了。伙伴们仓促地安慰卖鸡的老板说："噢，对不起，你的鸡会因你感到骄傲，它们也会祝福你，祝你好运。"

伙伴们又用双手开路嚷嚷着："不好意思，借过，借过。嘿，波罗，等等我们。"

波罗冲到海岛边的时候，伙伴们也气喘吁吁地赶到，这里是岛的最边缘，可以眺望一望无垠的蔚蓝色海洋，太阳升起没多久，距离海平面很近，微风拂过，整片海洋波光粼粼。

波罗看见了岛边礁石旁有一艘船的残骸在晃荡着，以及漂着的那块印有一个大圆圈的帆布，那是祖父画的，而祖父，连"残骸"都找不到。

一个女孩子搂住波罗说："对不起，我们发现的时候就是这样了，我们没有看到你的祖父。"

波罗默默掉泪，说："谢谢你们。"

波罗转身面朝大海，双膝跪地，仰天长啸！

Chapter 6

夜色降临，星空璀璨，天朗气清，岛上的居民都围坐在波罗早上发现残骸的地方，气氛肃穆，一团篝火在正前方燃烧着，波罗和他的祖母跪坐在火堆前，岛民们都依次默默献花，放在火堆两旁。

经常收波罗祖父几条鱼的老年妇女献完花双手合十喃喃自语："好运有时候也会躲起来。"

一个男的献完花一手握拳放在心口喃喃自语："我的英雄，海洋属于你。"

安东尼奥献完花从腰间掏出一壶酒说："嘿，老朋友，干杯！"

待大家坐定，波罗祖母说："谢谢你们，我的家人们，这一天总会到来，也许昨晚，刚刚好。波罗已经成年，像他爷爷一样勇敢，有些话我在心底藏了很多年，我觉得是时候告诉你了，我的孩子。"波罗祖母侧过脸望着波罗，波罗的眼里闪着泪花。

祖母继续说："我们生在海边，征服大海是每个人的梦想，包括我们的儿子，如果他还活着，可以当你的爸爸了，波罗。梦想总是美好的，但天有不测风云，有一天，他再没有回来，就像你爷爷这样。我和你爷爷伤心了很久，我们也考虑要不要再生养一个，但是岁数已经不允许了，直到遇见了你，在大海南面的某个地方，你爷爷出海时把你带了回来。你骨子里的脾气真像你爷爷亲生的，如此倔强而勇敢，但是我不想再失去你，所以一直想让你当个商人。但事实是，你不快乐，这不是你的本性，这么多年，你已长大成人，也许我错了，错得很离谱，也许……"

波罗搂住祖母说："你没错，我的祖母，我爱你们，我一直很爱你们，我承认，我一直很好奇为什么我的肤色跟大家都不一样，但是每个人都对我很友好，把我当作亲人，我的童年乃至昨晚之前充满了快乐，至于我从哪里来，我没有任何记忆，这似乎已经无关紧要，我打心底里感激上天是公平的，让我遇见了你，和你们……"

祖母："波罗，我的孩子，听从你的内心，去追寻你想追寻的吧！"

波罗："我的祖父是我的偶像，像一颗星永存，也许正在偷窥我们，好奇我们一群人为什么会莫名其妙掉眼泪，这太滑稽了。"

波罗站起身，把祖父画了圆圈的那块帆布放在火堆上烧着了，然后说："我的祖父只是暂时离开了，他没有死，也不会死，我将前往大海的尽头，一个神秘的东方国度，那里有个部落，部落里的人永不死亡，因为那里长满了不死树，谁吃了不死树的树叶便能永生，所以，我有必要去一趟，这也是我打小的梦想。"

一个女孩子问："那是真的吗？"

波罗："总有些东西永恒，比如爱、正义，或者你正在追寻的什么！你信，那便是真的。"

那块烧着的帆布随风飘了起来，飘向了天空，飘向了大海的方向，那里，也是波罗即将要去的地方。

Chapter 7

波罗忙里忙外建造了一条跟祖父那艘船很像的帆船，也在帆布上画了个跟祖父类似的圆圈，只不过他在圆圈里多加了个自己的符号。

波罗手里拿着颜料画笔，边写边说："漂亮！"

祖母关切地走来问道："食物和水都备齐了，还缺什么吗？"

波罗双手稳住祖母的肩膀，吻了一下祖母额头："谢谢你，我的祖母，已经足够了。"

波罗随后转身冲着站在岸边的几个伙伴喊道："我会想你们的，等着我带回神秘东方的消息吧。"

站在岸边的伙伴争着说："我们也会想你的！""好运！""一路顺风！"

波罗随即扬帆起航，挥手大喊："我爱你们！谢谢你们，我的时代！"

祖母喃喃自语："他是我的心肝。"

波罗的伙伴们说："也许我们该称之为'波罗的时代'！"

阳光明媚，海鸟盘旋，海面明晃晃的，竟有些刺眼，波罗的帆船越行越远。

波罗要横渡地中海和黑海，他也不知道会发生什么，白天还好，夜晚有时候并不像平时在岸边看到的那般美好，甚至带点恐怖，但每次想想祖父，他就变得无畏起来。

一个星空璀璨的夜晚，波罗独自一人躺在甲板上，喝着酒，哼着小曲。突然一条还不算小的海鱼飞蹦到甲板上，把波罗吓得屁滚尿流。

波罗："嘿，伙计，没人教你什么叫礼貌吗？或者，你在黑漆漆的夜里还能看见我吗？除了我的牙齿。"

一个狂风骤起的夜晚，波罗的帆船被吹得一边高一边低，波罗遂把甲板上所有的东西从被压低的那边移到翘起来的那边，随后又在船舱里掏出祖父自制的针样的玩意看了看方位，船有点偏离原来定好的方向。

波罗："噢，该死！看来又得多绕一圈了。"

一个艳阳高照的中午，波罗倒了倒水壶，发现储藏的水喝完了，又抬头看了看天上的大太阳。

波罗："要是下场雨该多好。"

话音未落，果然阴云四起，电闪雷鸣，瓢泼大雨，波罗激动地在甲板上手舞足蹈，随即用桶蓄水，装满后雨又骤然停歇了，海天交汇处出现了绚丽的彩虹。

波罗："谢谢你，上苍；谢谢你，祖父。"

一个夕阳西下的傍晚，波罗发现袋子里没有食物了，饥饿感来袭，他百无聊赖地躺在甲板的沙袋上看着随身携带的《龙虎北斗星图》。

波罗："好饿啊，要是来条鱼就好了。"

果然有好多条鲜嫩的鱼飞蹦到了甲板上，波罗惊呆了。

波罗有气无力地说："够了，谢谢你，我的鱼。"

日夜交替，转眼已快两个月，波罗离岸边越来越近了，某个白天，他正在拨弄着那个针样的玩意。

波罗："58天。"波罗随手记下了在海上航行的天数，他用颜料矿石在木板上计数，随即他惊奇地发现海岸线就在视野范围内，遂情不自禁地手舞足蹈起来。

Chapter 8

波罗拾掇好行囊跳上了岸，将船送给了就近的一位农夫，农夫一家子对其感恩戴德，而波罗对此并不在意。只见波罗转身跟自己的帆船道别，说："谢谢你，我的伙计，再见！"

巴格达古城里最高也是最古老的一座建筑当属巴别通天塔，塔基和塔高差不多接近100米，谁也不知道这座塔何时在这片大地上扎根。波罗走到这座塔下时发现街道上行人神色慌张，骑兵队刚走完，又来了批步兵队，搞得尘土飞扬。

波罗问一位妇女："发生了什么？"

妇女说："不要东张西望，最好留点神，战争也许明天就开始。"

波罗："那听起来很糟糕。"

妇女摇头叹息："是的，谁对谁错呢？"

波罗指着巴别通天塔问："那是什么？"

妇女赶忙拽下波罗的手："神明宽恕无知的孩子！那是一座很古老的塔，天上神明通往凡间休息的驿站，它的名字流传至今，叫巴别通天塔。"

波罗耸耸肩："噢，听起来很神奇。"

两人交谈间，一个步兵队列的首领样的人凶神恶煞地走来，语气恶狠狠地像要吃人一般。

首领："你们在密谋什么？立刻告诉我！"

妇女吓得赶忙摆手："噢，长官，我们只是刚刚见面，他也只是刚刚经过这里。"

首领揪起波罗的衣领问："你从哪里来？要到哪里去？"

波罗："噢，对不起，我不知道哪里冒犯了您，还请您放松一下。我来自海的那一边，要去一个叫昆仑山的地方，这里好像没有山。"

首领："昆仑山，确实不在这儿，最好不要让我在敌人的阵营里看到你小子，否则碰到你的就不是我的手了。"首领随即归队挥手示意继续前进，"我们走！"

妇女："赶快离开这儿吧，我的孩子，你要去的地方还在东面，继续走，别回头。"

波罗："谢谢你，也替我转达对神明的敬意。"

妇女双手合十目送波罗离开，空气中弥漫着挥之不去的尘土，呛得波罗直咳嗽。

离开古城巴格达，波罗抵达了后来属于闻名于世的波斯帝国的地方，这片神奇的土地在很久很久以前就盛产红地毯和珠宝玉石，波罗走到街市上看到了一片繁荣热闹的场景，生活在这里的人喜气洋洋，大家尽情载歌载舞，一条红地毯朝波罗走来的方向滚来，波罗正捧着一把琉璃珠宝发呆，看见红地毯滚来被推搡着挤了上去，情不自禁随着节奏向前摇摆起来。

波罗随后来到了后来被称作喀什的地方，这里为人们交换货物的重镇，商贩云集，卖糕点、卖石榴的排成一排，最显眼的当属卖丝绸制品的，薄如蝉翼、丝滑绵柔的纱巾悬挂着，风一吹，仿佛整座城市都在舞动。波罗看见一位曼妙的少女在挑选着纱巾，好不妖娆，他出于好奇忍不住裹了一条粉色的丝巾在头上，引得行人哄堂大笑。

离开了人声鼎沸之地，波罗走着走着发现自己来到了一个荒无人烟之处——后来被称作塔克拉玛干沙漠的地方，这里一望无垠，黄昏下远眺，像大海一样，波罗头上依然扎着之前那条粉色的丝巾，他看愣了，站在原地一动不动。

波罗："哇哦，像大海一样，好怀念我的船。"

波罗发呆的时候看见远处沙丘上有人赶着几只骆驼慢悠悠移动着，驼铃的声音清脆悠扬，遂赶忙追上去，边追边喊："嘿，等等我，嘿，朋友，等等我……"

骑骆驼的人听见有人在喊叫，嘴里轻轻哼了两声"突——突——"，骆驼便停了下来。

波罗上气不接下气地跑来，说道："嘿，朋友，能捎一程吗？"

骑骆驼的人好像听不懂波罗在讲什么，用手比划，并说："你在说什么？"

波罗兴奋地跳了起来："噢，太好了，你说东方语言，我终于到了，我终于到了。"

波罗随即用有点蹩脚但还不算太烂的古汉语与骑骆驼的人交流，他已经做了很多年功课，所以交流起来也没多大障碍。

波罗说："你好，你知道怎么去昆仑山吗？"

骑骆驼的人："穿过这片沙漠就到了。"

波罗："我们能结伴而行吗？这里好像很不适合散步。"波罗说着朝陷进沙土里的双脚看了看，骑骆驼的人也朝着波罗的双脚看了看。

骑骆驼的人："你睡觉打呼噜吗？"

波罗摇摇头："很少，好像没有。"

骑骆驼的人："走吧。"

波罗："谢谢！"

波罗学着骑骆驼人的样子让骆驼蹲下，然后骑上去前行，他被身边壮阔的沙漠景象迷住了，情不自禁欢呼尖叫起来，声音似乎能传很远。

夜幕降临，帐篷已经搭好，骑骆驼的人已经在里面打起了雷鸣般的呼噜声，而波罗睡意全无，帐篷外篝火燃得很旺，沙漠里的星空璀璨，而且感觉很近，触手可及，波罗掏出《龙虎北斗星图》看着，现在他真的可以看到明亮的北斗七星，但是当他看到那条龙和那只虎，再看天空时，依然丈二和尚摸不着头脑，只能盯着篝火兀自发呆，篝火的轮廓像极了波罗脑海中想像的女神。

他情不自禁用母语赞叹了一句："太美了！"

骑骆驼的人突然转头问他："什么意思？"

波罗意识到自己的语言模式还没有切换自然，赶忙说："你好帅！"

骑骆驼的人嘀咕了句："马屁精！"遂又转身睡去。

他俩又走了弯弯曲曲好长一段路，直到看见了一段城墙，两人牵着骆驼进了城。

骑骆驼的人："我们到了，就此别过。"

波罗："美好的时光总是短暂的，遇见你是我的荣幸，谢谢你，祝你好运。"

骑骆驼的人："举手之劳，后会有期。"言罢骑上骆驼走了，驼铃声混杂在市集的嘈杂声中。

波罗大喊："对了，你睡觉打呼噜吗？"

骑骆驼的人头也不回地伸出左手，食指来回摆了摆。

波罗笑得蹲下来用手拍地，自言自语："好久没听人讲笑话了，哈哈哈哈。"

Chapter 9

波罗正笑得前翻后仰，只见对面爬来一只乌龟，边上跟了一个小男孩，小男孩手里拿着几串织草鞋用的麻绳。

乌龟："你最好给我让开，黑小孩。"

波罗惊讶地茫然四顾："谁在跟我说话？"

乌龟："我。"

波罗："谁？是你吗？"波罗盯着眼前的小男孩问。

小男孩笑着摇摇头，指了指脚下。

波罗瞪大了双眼："这家伙会说话？"

乌龟："少见多怪。"

小男孩说："它脾气有时候不太好，不用管它，蚁，我们走。"言罢乌龟便绕开波罗，晃晃悠悠跟小男孩走了。

乌龟瞥了波罗一下说："算你走运。"

波罗愣了好半天，狠狠掐了自己一下："我在做梦吗？噢，疼！"波罗随即转身追上小男孩，"嘿，等等，你叫什么名字？"

小男孩说："我叫大荒。"

波罗低头看了看乌龟，又问："这玩意哪有卖？我也想买一只。"

乌龟往前打了两个滚拦住波罗说："丫！你说话最好小心一点。"

大荒："10岁那年，我师傅送的。"

波罗："我能见见你师傅吗？"

大荒："最好不要，我师傅脾气更怪。"

波罗正在犹豫间，突然见前方集市里有衣着鲜亮的男子跟几个凶神恶煞的仆人正围着一处卖吃食的小摊铺，摊铺主人是母女俩，年轻女子正吓得躲在母亲怀里，双方好像发生了争执，桌碗都被掀翻了。

一位仆人挡在前面说："我们爷吃你几碗汤水是给你面子，还有收钱的理儿？还有没有王法了？"

母亲说："客官，我们小本经营，还望给个活路。"

衣着鲜亮的男子走上前："呦，还是你见过世面，倒不像这位娘子一上来就伸手要钱，爷像缺钱的人吗？要我说，直接将你女儿许给我得了，爷保证你们娘儿俩吃香的喝辣的，也不要在这边受别人窝囊气了，你说好不好？"

衣着鲜亮的男子用手去挑拨女子下巴时被女子恶狠狠甩开，他将自己的手放在鼻尖闻了闻，上面有女子的香味，周遭是一群围观的人，几个凶神恶煞的仆人欲上前拽走女子，女子拽着母亲尖叫，场面一片混乱。

母亲："放开我女儿，你会遭天谴的。"

女子："娘，娘……"

衣着鲜亮的男子冷笑："天谴？哼，你当我是吓大的吗？带走。"

大荒和波罗好不容易挤进去，蜮也紧跟在大荒脚边，仆人们已经将女子拖拽出来了，女子母亲趴在地上失声痛哭。

衣着鲜亮的男子站在路上掸了掸衣袖，仰天大笑对着女子母亲说："我等着天谴。"

蜮甩了甩脖子定睛道："丫！丫头哎！"

话音未落，衣着鲜亮的男子和几个仆人还没笑完就已经全部"啊"了一声倒了下去，躺在地上浑身痉挛般抽搐着。拽着女子的那个仆人看见身边几个人都倒下去了，愣住了，惊恐地看着四周，不知到底发生了什么，随即放开女子准备三十六计走为上。

蜮不是一只普通的乌龟，它是一只神龟，能含沙射影，被射中影子的人会出现不同程度的晕眩、抽搐，乃至昏迷等症状。

蜮看着逃跑的人笑了笑："一走了之？"只见它从嘴里喷出一束像沙子的玩意，光速般射在那个人的影子上，那人立马定住，像中邪般跳舞大笑然后倒地抽搐。

蜮："丫！不堪一击。小主人，我们走。"蜮回头朝大荒打了个招呼，波罗都看傻眼了。

大荒狠狠地打了瘫在地上的华服男子一拳，说："你要的天谴。"

波罗随即也打了他另外一边脸一拳，说："你要的天谴。"并起身磨了磨拳头，对身边围观的人说，"交给你们了。"一群人围着之前的这几个为非作歹的家伙狠狠地揍起来。

大荒跟蜮已经往前走了，波罗从人群中挤出来赶忙追上去，边追边喊："嘿，等等我。"

大荒把蜮放在肩膀上，回望了一下波罗，然后快速穿过街市人群，凌波微步，像一阵风，似一束光，而波罗依然穷追不舍，边追边喊："嘿，等等我。"

Chapter 10

渔舟唱晚，夕阳西下，他们不知不觉已经来到了一片广袤田野的阡陌小道上，晚霞将田野映衬得醉人，远处可以望见崇山峻岭，气喘吁吁的波罗边追边停下来换气，惊扰了几只田野里的鸟雀，波罗自己也被惊吓到了。

波罗大口喘着气弯腰撑着膝盖说："呼——累死我了。"

神龟蛾爬到波罗的光脚丫边，转了一圈说："你可真够执著的，我可跑得没你快。"

波罗："你不会射我的影子吧？"波罗说着的时候回头看了看自己身后被拉长的影子。

蛾大笑："也许吧。"

波罗用两手捧起蛾，说："来吧，捎你一程。"

蛾晃了晃脑袋说："丫！这主意听着不错。"

大荒也看见波罗是光着脚的，情不自禁笑了起来，说："前面就到了。"

波罗把神龟蝛扛在肩头，和大荒并肩迎着夕阳走去，最后只留下了阡陌小道上的背影。

波罗："这里真是美到让人窒息。"

大荒："还不算。"

蝛："你头上这粉色的丝巾可真不应景。"

波罗："是吗？你意思是至少不难看是吧？"

蝛："好吧，你喜欢就好。"

波罗："下趟给你带一条，应该很酷。"

蝛："累赘。"

Chapter 11

静谧的湖泊，青草坡上有几座木屋，木栅栏围着，也算是个院子，院门有个草垛做的门头，整个都是世外桃源般的感觉，那是大荒的住处。

蝛大喊："丫头哎！凯旋而归。"

波罗盯着肩头的蝛问："你有女儿吗？"

大荒笑道："那是它口头蝉，师傅说丫头曾是它梦中情人。"

蝛撇了撇嘴："谁不曾年轻过？"言罢扭过头盯着西山

落日兀自出神。

大荒没经过院门前还是一个小孩子，经过院门时好像穿过一道波浪般的空气之门，立马变成了一位翩翩少年，跟波罗年纪相仿，波罗误以为是幻觉，在门外站着一动不动使劲地眨眼看了看走过的大荒。

波罗："那个，你……"

大荒笑笑说："我师傅说，示弱有时候是一种更好的自我保护。"

蚁转过头说："那是玄幻之门，能看到时间。"

波罗缓缓伸出一只手触摸着，空气中立马浮现出一面波浪般晃动的门，他"啊"了一声似乎一下子被吸住了，记忆随一束光被带了进去，大荒回头看的时候也看到了门上快速闪过的影像。

门上的影像显示了波罗小时候被放在木盆里漂在海边，被出海的祖父捞上船带回领养，影像也显示了他童年时与岛上的玩伴在海里嬉戏的欢快时光。当然，也显示了一幕最重要的场景，即波罗祖父遇海难的场景。波罗当时在梦里只能看见祖父在暴风雨中的甲板上的背影，而这次能看见正面了，大荒也看见了正面的场景，只见波罗的祖父正双手颤抖着站在甲板上仰天大叫着什么，然后一排巨浪从边上汹涌地卷过来连人带船一起吞没……

波罗失声喊道："噢，不，不……"

大荒："那是你最珍重的记忆。"

波罗有气无力地问："为什么看不到关于我父母的记忆？"

大荒："他们不在你的记忆里，也没人赋予你这段记忆，故事的开始是你祖父给你的。"

蜮："很抱歉看到了这些。"

波罗耸了耸肩，差点把蜮晃掉下去，默默地说："没什么。"

大荒："走吧，师傅喊吃饭了。"

蜮："走吧。"

波罗："你听见有人喊了吗？"

蜮："听见了。"

波罗一脸困惑："是吗？"

波罗进了院子又转身朝刚刚那道空气之门看了一眼，什么都没有，夕阳斜照里，世外桃源般的景象，美甚。

一行人拾级而上步入室内，木屋内陈设简约，不失禅趣，赏心悦目，一张低矮的长木桌，木桌侧面墙上放了三面长方形镜子，木桌四周放了几张蒲团，最里面那一面放了三张蒲团，正中间坐了一位鹤发童颜的老者，两边的位置空着，老者体型瘦削，胡须既长且白，很精神，仙风道骨。

大荒请安说："师傅好。"

师傅笑而不语，大荒坐下，蛾爬到桌上的盘子边，盘子里有几块肉，而大荒和波罗面前都是一碗粥，勺子放在碗边，用一个圆盘托放着。

波罗打量了大荒的师傅一下，又看了看侧面的镜子，丈二和尚摸不着头脑，因为镜子里根本看不到大荒的师傅，按理镜面可以映射出所有的镜像，但现在镜中只有他和大荒，还有蛾，以及屋子里的物什摆件。

大荒说："这是波罗，刚认识的朋友，他说来自海的另一边。"

蛾若有所思地说："噢，好久没在海里乘风破浪了，那感觉，哇哦……"

波罗舔着舌头说："还真饿坏了。"

师傅笑而不语。

大荒："师傅说知道了，你随意。"

波罗："师傅说了吗？"

大荒点头示意，并盯着蜮说："你什么时候下过水？"

蜮撇了撇嘴，嘀咕道："心里有海，看哪都是海！"

波罗正埋头喝粥，抬起头的时候发现大荒师傅消失不见了，又看了看侧面的镜子，他开始怀疑是不是幻觉。

波罗擦着嘴说："你师傅还真有点怪。"说完盯着蜮盘子里最后一块肉，只见蜮正慢慢地将其吞入口中，波罗直把喉咙里的口水往肚子里咽。

蜮吃完翻了个滚躺在桌上，对波罗说："我向来不是吃素的，粥，锅里还有。"

波罗拿起碗耸了耸肩，说："谢谢。"

Chapter 12

星空璀璨，月光皎洁，山野间的一切似乎都显得静谧，能听见狼叫的声音，也能看见远处飞过的鸟影，明月倒映在青草坡前不大的湖泊里，像一面明镜，轻笼着一层薄薄的雾纱。

大荒侧身朝水里扔了块石头片打水漂，平静的水面立马依次荡出了一圈圈涟漪，波罗也捡起一块石头片朝湖面扔过去，然后两人拍拍屁股面对着湖面坐下。

波罗："呵，我小时候玩这个可带劲了，感觉能飞到大海的那一边。"

大荒从身边递过一双草鞋给波罗，说："喏，刚给你编的，我师傅说，凉打脚上起。"

波罗拿在手上说："谢谢，以前我都习惯了赤着脚，赤着脚在地上奔跑，赤着脚跳进海里，我跟我祖父经常这样，他是一个勇敢的人……"波罗仰望着星空，突然想起了祖父。

短暂的沉默后，波罗突然问："哦，对了，蝛呢？"

大荒说："天一黑，它就困。"

波罗："我有那么一瞬间怀疑自己是不是在做梦，太神奇了，你知道吗？我祖父当年每次出海就喜欢沿途收集各种奇闻趣事，然后回来讲给我们听，我一度以为他老糊涂了。"

大荒："蝛是师傅在我10岁那年送给我的礼物，它很会找乐子，因为它不是一只普通的乌龟，它是一只神龟，算起来有好几百岁了，是我师傅当年在沙漠里收服并驯养它的，要知道，它能含沙射影。"

波罗："它活在沙漠里？"

大荒："你可别信他在海里乘风破浪的事，人和人的脾气也有可能有天壤之别，它天生就不喜欢水。"

波罗："那你师傅一定很厉害了。"

大荒："是的，我师傅可厉害了，站在太阳下都没影子，他虽不说话，但能千里传音。"

波罗："难怪……"

大荒："我还有两位师傅，一个掌管太阳在大地上的影子从西折向东，一个掌管大地上的风起风停。我有很多天没见到他们了，他们总是神龙见首不见尾。"

波罗惊讶地露出一口白牙盯着大荒，一动不动。

大荒："你不信？"

波罗怔了一会儿，赶忙点头说："我信，真的。"

大荒："你有想过自己从哪来吗？我指的是你的身世。"

波罗："想过，但就像你所说，是我祖父赋予了我最初的记忆，就把那当作起点吧，也挺好。你呢？"

大荒朝湖面扔了块石头，说："我也想过。"

夜，依然很静谧，像一幅水墨丹青的画卷，如梦似幻。

Chapter 13

山间的早晨笼罩着一层淡淡的雾气，鸟声婉转，清幽至极，波罗早晨起来发现大荒正拎着水桶往院子里的水缸里倒水，蜮正在台阶上趴着帮忙数数。

波罗："早啊。"

蜮懒懒地说："早。"

波罗踩着大荒昨天刚送的草鞋，很合脚，忍不住多看了两眼，抬头说："很合脚，要不要帮忙？"

大荒："小事一桩，搞定。"说完把水缸盖好，拍拍手，然后拾掇边上的水桶。

波罗："大荒，问你个事，你听过不死树吗？"

大荒："你问这干什么？"

波罗："这也是我来到这里的原因，我祖父说它在昆仑山上，我信，所以我想试试。"

蜮伸了个懒腰说："你祖父知道得可真多。"

大荒笑着跺了跺脚说："我们脚下便是昆仑山，不过，它最壮观的还不在这……"

大荒转身盯着远方，波罗随着大荒的视线望去，越过草地，越过田野，越过湖泊，越过树林，越过火山，越过深渊，只见很远很远的地方有一处蔚为壮观的山峰，那里正是人神共仰的昆仑山巅峰，天帝在下界的都城，众神集结之所在。

第二卷　雒棠树毁昆仑动

谁能执掌昆仑谁便是三界真正的王，而九州所有的奥秘都藏在《五臧山经》里，青衣和她姑姑于雒棠树下世代秘密守护着它，但是，这个平衡终于有一天被打破了……

Chapter 1

拾级而上，昆仑山方圆八百里，高万仞，每一面都有九道门，每扇门都有开明兽镇守，这是天帝在人间的都城，里面长满了各类奇花异草和仙树，这里也是诸神集会之所，只有像羿这样的仁德之人才能爬上去。

大殿内歌舞升平，仙雾缭绕，天帝端坐在大殿之上，两侍女执羽扇交叉在后而立，一群衣袂飘飘的仙女正在大殿中央翩翩起舞，仙乐悠扬，天帝正在宴请声名远播的部落首领羿。

羿端坐在天帝左手边第一张桌子后，第二张桌子后坐着的是临时执掌昆仑山的大士陆吾，端坐在右手边第一张桌子后的是天帝的大儿子，天帝生有十个太阳，大儿子叫烈，最小的儿子叫明，十个太阳在右手边依次排坐。桌案低矮，后面放一张短席供人跪坐，每张桌案上都摆满了各类瓜果蔬食。

天帝起身，举杯对众君卿说："饮玉露琼浆，观九代歌舞，遇贤仁诸君，岂不痛哉？来，今日畅饮！"

众人起身，敬天帝，齐说："谢天帝感念之恩。"

天帝："好！"

天帝坐定，众人归席，观歌舞，品佳肴，好不热闹。

一支舞罢，全场拍手称好，另一支舞登场之前，天帝示意鼓乐之声先停一下。

天帝说："歌舞升平，九州安定，甚慰吾心，少不了贤明之主，羿，堪为英雄，天下表率。"

羿赶忙起身，鞠躬作揖，说："天帝圣明，世人皆仰，此次受邀，荣幸之至，英雄之名，诚惶诚恐。"

烈一脸不屑地嘀咕了一句："哼！"

只见天帝和羿说话的间隙从大殿外进来一位黑衣执笏的大臣，身边有一只生有三只脚的黑鸟，大臣说："启禀天帝，卯时将至，破晓东方，三足乌已恭候多时。"

天帝说："烈，今日该你和五位弟弟各司一个时辰吧？"

烈起身作揖："回父王，是的。"

天帝："好，日行周天，万民敬仰，此为大事，万不能耽搁，去吧。"

烈与身边5个坐着的弟弟一同起身作揖："遵命。"

只见烈与5个弟弟变成了金光耀眼的6个太阳，然后汇聚到大殿中央融合成一个大太阳，光芒璀璨。

东海上的一个岛有棵巨大的扶桑树，那是太阳升起前歇息的地方，三足乌是专门驮载太阳去那边的神鸟，其后背有个凹进去的洞，合体的太阳正好有一半可以安放在里面。

黑衣大臣嘴里念念有词，一手做法挥出一道黑色如薄纱，半透明的气将太阳裸露在外的半截包裹住，说："东海扶桑，日出东方，风调雨顺，人神瞩望。去吧。"

三足乌听完立马转头飞向殿外，之前烈坐的那一排桌子空了六个。

天帝说："好。"

天帝轻拍了两下手掌，只见三位仙女从殿外走进来，中间一位端着一个玉盘缓缓走到羿的跟前，玉盘上用红布垫着，红布上放着一块中国结状的宝玉，一根红线穿过宝玉两端的细孔系着。

天帝："君子比德如玉，其色润泽温和，是为仁；其理外可观内，是为义；其声舒展飞扬，是为智；其质宁折不弯，是为勇。此玉随我多年，为天地精华之宝，现赐予你。"

羿："此玉为天帝之宝，羿，万不能收。"

天帝大笑："尤物赠佳人，你收下便是，日后或有用处。"

天帝说罢，只见旁边两位仙女笑意盈盈地轻轻拿起那块玉给羿戴上。戴在额头上，好不帅气。

羿："谢天帝。"

天帝挥手，羿回位，还没坐定，天帝突然问道："陆吾大士，为何不见神女列席？"

陆吾赶忙起身，执笏鞠躬作揖，答曰："已让仙鹤去请，神女说有事暂不能来，至于何故，未能细问。"

天帝："也罢。"

天帝转身欲回位坐定，鼓乐之声响起，第二支舞入场，衣袂翩翩，仙雾袅袅，好一派祥和之气。

东方既白，灰白，还没有亮透，三足乌驮着太阳飞下昆仑山，飞过山峰，飞过森林，飞过田野，飞过浩瀚无垠的东海，直至将其送至一个海岛上的扶桑树下。

三足乌停着站在扶桑树下叫了两声，太阳从背后升出来停在树梢上歇息，三足乌看了一会儿，转身飞回海面。

三足乌没飞一会儿，只见身后海天交接处红霞满天，一个又圆又大的太阳缓缓升了起来，三足乌叫了两声，快速划过海面飞走。

海边还有几个正在收拾渔船准备出海打鱼的渔夫，见到太阳从东方升起，无不举手欢呼。

农庄深处冒起了袅袅炊烟，几个孩子在家门口嬉闹。

阳光打在街市上，"瓜果嘞""新鲜的呦"诸如此类一片叫卖声，好不热闹。

山川河泽，明亮一片。

Chapter 2

神女是青衣的姑姑，着紫色衣袍，姑侄两人居于昆仑山一清幽僻静的山壑里，有青山绿水，有瀑布溪流，有茂林修竹，有祥云在顶，有仙雾缭绕，还有一座长满奇花异草的小岛，湖水静谧如镜，水汽蒸腾，值得一提的是，小岛上有一棵枝繁叶茂的参天古树，名唤雒棠树。雒棠树下及周围无时无刻不在缓缓降落着像蒲公英一样的粉白色的花朵，地上也铺满了一层浪漫的花土，阳光斜射进来，祥瑞怡人。

雒棠树的树干上正在缓缓生长着一层薄薄的乳白色的树皮，纤细的经络上若细看可以看到其正在裂开生长的纤维，像一朵花般绽放，如此狭小的世界也挡不住它唯美的绽放，它们正拔节生长着，雒棠树的树皮愈加乳白了。"圣人代立，于此取衣。"天下若有圣人出现，雒棠树就会冥冥中感应到，并生长出乳白色的树皮，这层树皮可以用来制成衣服给那位大德大贤的圣人穿上。

雒棠树旁还架着一把古琴。青衣正跪坐在另一处煮茶，纤纤玉手，一招一式，绵柔似水，细看又有一股浑然天成的气蕴藏其举手投足间，耐人寻味。青衣如其名，着一袭如蝉翼般飘然的青衣，及腰长发，随风而动，白皙婉约，一颦一笑，艳惊观者，她与姑姑世代居于雒棠树下。

神女站在雒棠树下，一手吸起雒棠树乳白色的树皮，只见树皮如蝉丝般旋转汇集，另一只手朝着湖面，水柱亦细如牛毛，神女两只手逐渐靠近，两股线逐渐交融，互相盘旋注入，一件衣服的雏形愈加清晰，直至最终一件轻薄灵动的白衣出现，仿佛随空气而动，隐约透着水润的光泽。神女最后用右手撷取了一朵正在缓缓降落的粉色雏棠花，食指与中指并拢轻轻一指，只见雏棠花便镶嵌在了那件白衣的胸口。

神女说："哪天遇到心上人了，把这件新衣服给他，算是姑姑的见面礼。"

青衣突然脸红转到一侧说："姑姑说哪里话……"

神女抬头看了看这件衣服，笑着说："姑姑没开玩笑。"

青衣赶忙倒茶扯开注意力，问："姑姑，你说山间泉水比无根之水如何？"

神女："各有千秋。"

青衣给姑姑续杯："茶凉了，姑姑快些饮用吧。"

姑姑头也不回地望着水面说："好。"

一只羽毛青红相间的神鸟从雏棠树上盘旋而下，左边是青色的羽毛，右边是红色的羽毛，降至水面时，瞬间变成了两只可爱的野鸭子，漂浮在水面上。一只青色，一只红色，每一只只有一个眼睛。它们的眼睛长在正前方，头可以灵活转动。每一只仅有的一只翅膀收缩在后背上，仅有的一只长了蹼的脚划来划去，它们在岸上就靠蹦来蹦去。它们名字叫蛮蛮，也就是传说中的比翼鸟，是青衣的坐骑，可自由变幻大小。青色的那只是公的，红色的是母的，两个家伙自由自在地漂在湖面上，青色的那只正在用嘴蘸水给红色的打理羽毛。红色的那只被挠到痒痒，咯咯笑，青色的那只继续埋头卖力地挠，红色的受不了便快速地游到岸上，蹦到青衣那边，水面留下一串快速划过的涟漪。青色的一看也赶忙追上岸，水面也留下一串快速划过的涟漪，上了岸一蹦一蹦地绕着青衣追红色的那只。

青衣看着两个小家伙蹦来蹦去，被逗得直乐，说："好啦，别闹啦，歇息去吧。"

两只蛮蛮听到青衣的话都用一种很萌的眼神看着青衣，齐声"吱"了一声点点头。随即蹦到一块合体，青色和红色的翅膀展开时轻盈飘逸，隐隐发光，盘旋着飞到了雏棠树上。

青衣："姑姑在想什么？"

神女一动不动，缓缓转身，伸出一只手接住了空中飘浮着的一朵很轻盈美丽的花，望着那件白衣发呆。

神女若有所思："我只是有点担心。"

青衣追问："担心什么？"

神女："圣人代立，于此取衣！而贤主不会无缘无故地诞生，崇高的使命与巨大的阴影向来都是相伴相生，就像白天与黑夜。"

青衣笑道："姑姑你一直说，一切都是最好的安排，不是吗？"

神女苦笑道："也许吧。"

青衣坐回茶具前："茶亦醉人何必酒，明日我上山再取些山泉回来煮茶。"

一瓣花朵静静地飘落在神女的杯子里，俯瞰雒棠树，竟像是镶嵌在湖面上的一颗璀璨的宝石。

Chapter 3

昆仑山大殿内，乐声渐掩，歌舞的仙女依次退去。天帝手一挥，大殿之内正上方出现一片金光灿灿的幻象，幻象是一位女子形象，此人正是居于三界之外的女娲圣母，众人见之皆起立作揖。

天帝："西方空灵之境处三界之外，昨日接女娲圣母传书，应邀前往，应有些时日。故昆仑山事宜，暂由陆吾大士全权托管，诸位各司其职，以循天道。”

天帝说完便将身上的一块金牌令箭挥至陆吾面前，陆吾起身作揖，金牌令箭悬浮在陆吾头前，金光璀璨，上面依东西南北方位刻有苍龙、白虎、朱雀、玄武图腾。

陆吾及众神皆执笏作揖，齐声说：“遵命！”

太阳的光从东至西折向山谷、折向田野、折向街市……直至太阳落山，街市上点起了灯笼，一位店小二正闩门闭户，说：“不好意思，关门了。”田野上的农舍里能看到依稀的亮光，山谷里则洒满了皎洁的月光。

波罗和大荒正裹着一身黑衣衫蹑手蹑脚穿行在树林里，蜮正趴在波罗的肩头。

蜮：“这是我做过最憋屈的事。”

波罗看了看身边的大荒，低声说：“你确定我们要穿这么黑吗？我已经够黑了。”

大荒把食指递至唇边：“嘘——保险起见。”

远处听见了狼的嚎叫声，波罗“啊”地吓了一跳，大荒随即弄了根木棍递给波罗。

波罗拿着问：“干吗？”

大荒："衔着。"

波罗："我已经吃饱了。"

大荒压低嗓音说："别出声。"波罗照做。

他们正在穿越的这片树林很大，皎洁的月光覆盖着整片树林，但因为树林茂密，能射进来的月光只有几束。波罗一不留神撞到了一棵树上，疼得直哼，蛴也被摔了下来。

蛴："丫！"

大荒赶忙回来扶起波罗，问："没事吧？"

波罗拿开嘴里衔着的木棍，压低声音说："太黑了，太恐怖了。"

大荒从怀里掏出一颗隐隐发光的珠子，照亮了自己、波罗，以及底下爬过来的蛴。

波罗张大了嘴问："啥玩意？"

大荒："南海的夜明珠。"

波罗："哪有卖？"

大荒："我从师傅那偷的，我们走。"

波罗："好吧。"说完又把木棍衔在了嘴里，蛴又爬到了波罗的肩头。

蛴："你最好小心点。"

几个人刚准备前行，发现被一排东西挡住了去路，大荒用夜明珠从下至上照了一下，看清是什么，两人一个趔趄吓得瘫在地上直往后退缩，夜明珠也滚到了一边，蛾紧紧地抓住波罗的肩膀努力使自己不摔下去。

朦胧的月光射进来，挡住他们去路的是几个手执长矛的黑色家伙，每个人都幻化成一棵树的样子，像是守卫，正缓缓逼向大荒他们。

蛾看着身后："丫头哎！我们好像摊上事了。"

波罗吐掉木棍，看着前面声音颤抖道："废话，还要你说。大荒，怎么办？"

大荒用脚拼命蹬地后退，说："我师傅说，打不过，就跑。"

两人刚准备起身拔腿就跑，一下又傻眼了，后面又有一排守卫幻化成树堵住了他们，干枯而僵硬。中间的一个黑色家伙恶狠狠地把长矛插在地上，把头凑过来用一种很沙哑的声音问大荒："你们是谁？"随即走到波罗跟前问，"你们从哪来？"又慢慢把视线挪到蛾身上问，"你们要干什么？"

大荒佯装大笑："我们，我们只是刚好路过。"

波罗腿直抖，说："对，对，刚好路过。"

大荒边说边准备往边上开溜："四海之内皆兄弟嘛，打扰你们睡觉是我的不对，改日登门道歉，我们走了。"

波罗嘀咕道："我的兄弟可不会这样对我！"

大荒他们刚准备从边上走，就发现前后两拨人围成一个圈堵住了他们的去路，大荒和波罗转身朝另一侧面走，也被堵上了。

蜮："看来我真不应该好奇跟你们出来的。"

波罗："喂，你不是会那个啥，咻——咻——全部搞定。"

蜮："这可是晚上。"

波罗朝四周看了看，基本上黑黢黢一片，朦胧的月光只会让这群似人非人的家伙看起来更恐怖。没辙，只能乖乖束手就擒。

Chapter 4

大荒他们被带到了一个古老而幽暗的大厅里，火把在周围的墙壁上燃烧着，火焰晃动，大厅中间有一个长方形的水池，大厅正前方有一处凸起的圆台，圆台上有一个兽皮做的垫子，垫子上也坐了一位树干样子的黑色家伙，干枯而僵硬，只不过他的装束要比底下站着的两排侍卫更庄严，脖子上挂满了象牙珠串之类的饰品，手执一把寒气逼人的方天画戟类的兵器，像是部落首领。

大荒他们被捆住了，正站在大厅下面，前面即那个长方形的水池。

波罗看了看大荒："你师傅还说什么没有？"

大荒摇头，默而不语。

波罗："完了，完了，这不是做梦，我还没娶老婆呢，我祖母一定很伤心，这个时候我应该正跟小伙伴围着火堆吃着烤鱼，吹着海风，明天我肯定睡个懒觉……"

蜮："像只苍蝇，真够啰嗦的。"

首领起身，手执方天画戟，身体微微前倾看着大荒问道："你们是谁？"随即看着波罗问，"你们从哪来？"又随即盯着蜮问，"你们要干什么？"咆哮着怒吼，语气愈显狂躁。

波罗耸了耸肩："他好像更啰嗦。"

大荒突然说道："救人一命，胜造七级浮屠，我们是来求不死树树叶的。"波罗听大荒这么说的时候很惊讶地看着大荒，而大荒竟然不为所动，丝毫没有表现出什么害怕之情。

波罗："不死树？"

首领怒敲方天画戟："不死树？"

室内火焰都好像被首领的方天画戟震出的一股气流撼动，晃动不止，只见首领挥动方天画戟，朝水池那边一指，一股旋转的气在水池上方绽放出星星点点，这些星星点点又旋转变成一棵树的样子朝上生长，水池里的水也由下至上注入幻化的树干里，最终形成了一棵黑得发亮的巨大的树，树叶也是黑得发亮。

波罗他们都张大了嘴仰望着。

首领："一片树叶换来八百年寿命，多少人梦寐以求，贪婪的君主，求之不得，最终露出可怕的狰狞与凶残，我们只能隐藏于此，谁也不能把不死树从我手中夺走，这是我们不死族世代相传的使命，那些败类多活一天都是浪费。"

首领怒喊："谁也不能！"

大厅里的侍卫也用长矛击地，齐声怒喊："不能！"吓得波罗赶忙往大荒身边靠了靠。

首领问："说，谁派你来的？"

蜮晃了晃脑袋说："好吧，第三遍。"

大荒看了一眼波罗说："我自己来的，我的好兄弟波罗住在海的另一边，他祖父死于海难，所以他跋山涉水前来，我们都以为不死树只是个传说，只是试试而已，因为我也是听我师傅说的，但不曾想，它是真的。"

波罗说："出乎意料。"

首领问："你师傅是谁？快说！"

大厅里的侍卫用长矛击地，齐声怒喊："快说！"

大荒："寿麻、司影、折丹。"

首领似乎有点惊慌失措，往后退了两步："啊？"

首领陷入了回忆之中，那时的他尚年幼，但已历经了人世间最残酷的现实。

Chapter 5

一片荒凉的大沙漠，沙丘此起彼伏，一大批铠甲士兵正在围追一支黑色队伍，这支黑色队伍便是不死族，他们有着树干一样的躯体和容貌，双方混战，实力悬殊，铠甲士兵引弓射箭将黑色队伍消灭殆尽，只剩一小批人在殊死抵抗，手执长矛与盾牌，边打边退，不死族首领心口也中了一箭。

铠甲士兵的一位将领骑在马上说："敬酒不吃，吃罚酒，交出不死树，待我启禀大王，饶尔等不死。"

十来位黑色侍卫掩护着首领撤离到一个沙丘之后，首领立马斜倚着瘫在地上大口喘气，一手捂着心口。

小儿子拽起首领的手哭着说："父王，你不能死。"

首领看着儿子说："孩子，现在不是哭的时候，你要誓死守护不死树的秘密，这样不死族便会永存。"

小儿子哭着说："我要父王，我要父王，我要父王……"

铠甲士兵的将领长矛一挥，说："那边有动静，追！"

一位不死族侍卫看见了远处追来的敌军，转动头颅说："大王，他们追来了。"

另一位侍卫恶狠狠地说："跟他们拼了！"

又一位侍卫跟着说："对，跟他们拼了！"

首领有气无力地握着小儿子的手说："你是不死族第四十九代的王，你要与不死族同生共死，我的孩子。你们要全力，全力辅佐他，万不能……"首领说到最后一句时望着跟前的一群侍卫，还没说完就撒手人寰了。

小儿子哭闹着摇晃着首领："父王，你醒醒，父王，父王……"

一群侍卫暗自掉泪，群情激奋地手举长矛喊道："誓死捍卫不死族！誓死捍卫不死族！誓死捍卫不死族！"

说时迟那时快，铠甲士兵发现了不死族藏身的那个沙丘，不死族侍卫刚准备冲出去与敌人拼个鱼死网破，只见眼前风沙四起，迎着铠甲士兵而来的方向，吹得铠甲士兵睁不开眼，而光线影子似乎也被某种神秘的力量瞬间压了下来，之前还很明亮的沙丘后面顿时变成了阴暗一片，好像夕阳西下，夜幕就要降临了。

一位铠甲士兵骑马回报说："将军，天有异象，恐遭不测。"

将领恶狠狠地说："算你们走运，撤！"

风沙停歇，日暮西山，沙漠里就像什么都没发生一样，远处只留了些交叉着的长矛、盾牌，以及铠甲士兵扔下的断裂的旗帜，还隐约看到些阵亡的尸体。

不死族侍卫放下盾牌，看着眼前发生的一切，又回看了一下身后，小首领正缓缓起身朝他们走来，他们给小首领让开一条路。

小首领看着前方走来的一男一女，镇定自若地问："你们是谁？"

男的笑道："像太阳东升西落，像人类生老病死，世界上冥冥中总存在着一些你抗拒不了的规律，或者说，使命！"

女的说："昆仑山下，密林之中，可躲此劫。"言罢两人像影子一样快速消失在夕阳的尽头。

小首领突然大喊："你们是谁？"

只听闻空气中传来两声悠扬的回答："司影、折丹。"

小首领盯着落日兀自出神，默默念叨："司影、折丹……"

Chapter 6

大厅里的火苗突然晃动得厉害，门外吹来了一阵绵柔但很有劲道的风，而且火光投下的影子也被折向了相反的方向。

大荒惊喜地说道："师傅？"

只见仙风道骨的寿麻身边站了一男一女，男的剑眉魁梧，着一袭蓝色长袍，留着一把黑色的胡须，是为司影，女的端庄温柔，着一袭红色长袍，笑意盈盈，是为折丹。

司影笑说："老朋友，好久不见。"

首领立马像换了个人，走下来握着司影的手说："果然是二位恩公，来人，上座。"

司影用手一指将大厅里火苗光线的影子回归正常后，笑着说："坐就免了，只是我的一位老友听到我们徒儿在叫我们名字，估计遇到了点麻烦，遂来看看。"司影说的时候盯着寿麻看了一下。

首领立马拍着脑门，说："噢，差点忘了，来人，松绑。"

波罗在他们松绑的时候问大荒："大荒，你师傅这么远都能听到？"

大荒耸了耸肩："我师傅能千里传音，当然能耳听八方。"

首领走到最前面，双手握着司影的手说："既是恩公出面，那就是一场误会了，还望莫怪。"

司影笑道："哪里的话！"

大荒问："不死树能让人不死，为何令尊未能逃此劫难？"

首领在大厅里踱着步，叹了口气道："唉，我们不死族人一出生便吃一片不死树树叶，120年一个生死轮回，活到120岁，我们会休眠120年，实际上我们并没有真死，因为我们的心脏并未停止跳动，120年后，我们将会复生。而心脏也是我们的弱点所在，我们只有对背信弃义的族人才会施以刺穿心脏的酷刑，而家父，未能幸免敌手，可恶的暴君……"首领说着的时候背对着大荒他们，盯着插在圆台上的方天画戟发呆。

波罗听着听着眼泪就出来了，问："那我祖父还有救吗？"

大荒摇了摇头，轻轻拍了拍波罗的肩膀，波罗沉默不语。

大荒说："像太阳东升西落，像人类生老病死，世界上冥冥中总存在着一些你抗拒不了的规律，或者说，使命！我师傅说的。"

大厅内火苗晃动得厉害。

Chapter 7

一间古旧但不失典雅的屋内，一个大火盆里正燃着熊熊火焰，烈跟其他九个兄弟围在四周，明岁数最小，个头也最小，趴在边上看着，回头看的时候只见身后有一位看不清面容但听声音很苍老的上古巫师缓缓走来，明跟身边的几位哥哥让开身子。

走近时火光照清了上古巫师的脸，满脸皱纹，安静中透着些仁慈，上古巫师在黑色衣纱外又穿了件镶满了璀璨珠宝玉石的披肩，披肩为金色镶边，跟其手执的金色权杖颜色一样，这也是当年随天帝打天下时天帝所赐，安定日久，她一直隐于昆仑山。

巫师缓缓道："一切都是最好的安排，预知未来对你们没有好处。"

烈冷冷地说："我只想知道《五藏山经》在哪！"

巫师："这只是一个传说。"

烈冷笑道："哼，传说？说谎可不是你的天性。"说完只见之前让开身子的几个兄弟已将巫师的退路给堵住。

巫师："你害怕的，都会加速而来。"

巫师一手执着权杖，另一只戴着指环的手缓缓抬起，靠近火盆侧上方，嘴里叽里咕噜念了段咒语，只见一片烧红的龟甲从火盆里缓缓升起，悬在火苗正上方，一群人抬起头看着，只见龟甲上清晰地透着脉络，像一棵树，闪闪发光。

明睁大了双眼，好奇地说："哇——"

巫师看了一会儿，说："上古神木，昆仑之根，九州灵气，聚此而生。"

烈看了看，沉思了一会儿，突然衣袖一挥，说："走！"说完一群人便依次离开。明走在最后，临出门前还回望了一下，火光颤动着，映衬着巫师的黑色背影，那片发光的龟甲还悬浮着，只见上古巫师伸出右手，龟甲缓缓地回落到手上。

巫师盯着手里的龟甲，摇了摇头道："唉……"

Chapter 8

大士陆吾为人沉稳坚毅，房间里灯笼亮着，其临时受天帝之命执掌昆仑山。三界之内政务冗杂，夜间仍有各路人马向其汇报情况。只见陆吾一挥手，桌案上方便出现一层薄如蝉翼般灵动的幻象，九州八方的人、鬼、神负责人均出现在薄幕上作揖陈述。陆吾背执双手，静心观听，有条不紊地处理着，或挥手甩出一道金牌给对方，或移除影像，不一一赘言。夜已深，陆吾随即准备宽衣歇息，一挥袖，灯火便熄灭了，窗户外是静谧的星空，陆吾躺到床上就寝。

昆仑山自上而下也依次熄灭了灯火，南面的九扇门也依次关上，白天镇守两旁的开明兽也合二为一化作石狮子般的雕像，立于大门的正前方岿然不动。

庭院幽静，月光洒在青石板上，烈和他的九个兄弟穿着黑衣径直往里走，只能看见黑黢黢的背影，似乎很匆忙。

两束金光从天而降，两位天兵天将手执长矛拦在前面，厉声问道："来者何人？"

只见中间一个黑影翻开头上的黑袍，冷冷地说："你们最好看清在跟谁说话。"

天兵天将立马收好长矛作揖道："属下冒犯，罪该万死，陆吾大士此刻早已歇息，殿下贸然闯入恐怕不妥。"

只见烈身边的一位黑衣人袖口一挥，一束金光便将两位天兵天将定住，只听一个声音说道："不知好歹的东西。"一行人说完绕开两人继续往前走，两人的身体定格在了执矛作揖的动作。

一行人绕到陆吾的房间附近时，烈伸手示意其他人停下来注意动静，他自己透过窗户，窥见陆吾正安详地躺在床上。

烈回头看了看身后的几个兄弟，一群人不约而同地点头，化作10束金光钻进窗户，快速旋转着钻进了陆吾的耳朵里，又经过一段九曲十八弯的路程到达了一片白茫茫的地方，陆吾正站在前面，背对着他们，10束金光又化为10个人看着陆吾，明是最后一个跟上他的哥哥们的，遂有些跟跄。

陆吾转过身说："我的世界空灵一片，可能要让你们失望了。"言罢就发现白茫茫的空间里缓缓下起了鹅毛大雪。

烈："老狐狸，你应该知道我为何而来？"

陆吾伸出一只握紧拳头的手，缓缓张开手，一片雪花落在掌心："摊开手，有时候得到更多。"

烈大手一挥，周遭下雪的场景立马变成了火海："少来这套，我打小从我父亲那就听腻了。"

陆吾收回伸出的那只手，雪花已融化，说："是你的，跑不掉，何必呢？"

烈："谁能执掌昆仑，谁就是日后三界的王，我会向父王证明他当初的选择有多愚昧。"

身边的场景已经变成了梦幻的星空，陆吾缓缓开口道："天下九州，有太多需要你们领悟的奥秘了，而这些，需要时间。"

烈："我已经知晓《五臧山经》的下落了。"

陆吾皱眉："啊？"

烈走向陆吾，笑着说道："知晓了九州的奥秘，应该能服众了吧？而你，根本不配。"

陆吾："它不是你自以为的那么简单。"

烈："我知道，所以我一直很好奇，原来关于《五藏山经》的传说是真的。"

陆吾："其实你有更好的选择，否则你会毁了自己的。"说这话的时候周遭的场景又变成了最初白茫茫的模样。

烈："谢谢您的假正经，念在您打小照顾我们兄弟的分上，我也给您一个更好的选择，交出金牌令箭吧，我们不想动手。"

只见烈和其他8个兄弟瞬间移动将陆吾包围成一个圆圈，除了最年幼的明，其余9个人均伸出右手，掌心对着陆吾，明并不清楚到底发生了什么。

陆吾一动不动地站了一会儿，缓缓伸出右手，伸到烈的面前，一块耀眼的金牌令箭逐渐显现在手掌上。

陆吾："只有真正的主人才配得到《五藏山经》。"

烈拿过金牌令箭，慢慢凑到陆吾耳畔说："天下都会是我的，我得不到，别人也休想得到，委屈您一段时间了。"

Chapter 9

波罗被大荒神神秘秘地拽到青草湖畔，只见大荒从口袋里掏出一个精致的小木门，往前轻轻一甩，一扇透着光亮似乎可穿越到另一个世界的门便出现在皎洁的月光之下。

波罗惊讶不已，揉了揉眼睛道："哇哦！不可思议！"

大荒搂着波罗肩膀笑道："这是千年传送门，每10年可开启一次，我10岁那年司影师傅送我的，转眼又是10年。你白天不是说今天是你生日嘛，我们一起穿越到几千年之后看看，可好玩了，只不过鸡鸣前一定要原路返回。"

波罗应声点头间就被大荒推揉着进了门，两人旋转大叫着掉进了时光隧道。不消片刻，两人突然踉跄着撞开楼阁上的一间木门。抬头间月亮又大又圆，跟大荒他们来时的月亮并无二致，放眼周遭，好一个"东风夜放花千树，更吹落、星如雨。宝马雕车香满路，凤箫声动，玉壶光转，一夜鱼龙舞。"大荒转身收好传送门，将其塞进口袋，彼此欢喜自不在话下。

正月十五元宵佳节，街市上挂满了奇形怪状、色彩斑斓的花灯，夹杂着吆喝声、嬉笑声，踩高跷的队伍穿过人群，还有舞龙的队伍也被很多人围观着，经过小石桥，河对岸也有一排男男女女成双结对往河里放花灯，轻轻一推，河面似天上的星辰温馨璀璨。

波罗在岸边被一群跑旱船的姑娘们围住，跑旱船就是在陆地上模仿船行动作，旱船不是真船，多用两片薄板，锯成船形，以竹木扎成，再蒙以彩布，套系在腰间，如同坐于船中一样。波罗学着身边同行姑娘动作，手里拿着桨，做划行的姿势，一面跑，一面大喊："坐稳了，出发，出发！"姑娘们在一旁载歌载舞，波罗的舞蹈天赋也展现得淋漓尽致，嬉闹声叫好声掌声一片。

波罗找了张桌子擦着汗坐下："可累坏我了。"

只见一位店小二将毛巾往肩上一搭，笑容可掬地问道："二位爷，有何吩咐？"

大荒说："两碗你们家最拿手的。"

波罗二话不说拽过店小二肩上的毛巾擦了擦汗，又塞回去说："谢谢。"

店小二说："好嘞，客官稍等。"

没一会儿，只见店小二端着两碗红白分明、香味俱全的赤豆元宵放在大荒他们面前，说："二位爷慢用。"

波罗狼吞虎咽着，连勺子都不用，吃到一半放下碗说："刚有那么一瞬间，我特别想念我的祖父，他划的可是真船。"

大荒正盯着人群发呆，波罗用手在他眼前晃了晃，说："嘿，嘿！"

大荒侧过脸回过神来问："味道如何？"

波罗："超赞，跟我自己亲手造的那艘船感觉一样，我真的亲手造了一艘船，我把我祖父那艘船的残骸打捞了回来，只不过上岸后我就不管了，不知道现在还在不在……"

大荒并没有注意听波罗在讲什么，全世界的声音似乎都在淡去，除了他视线聚焦的场景。

大荒看见了手拿风车奔跑的一个小男孩和一个小女孩，小男孩先对着小女孩手上的风车吹了口气，小男孩说："你来追我呀，风车就转了。"小女孩说："好呀。"然后只见两人撒开腿迎着风跑，笑声撒了一路，后面是笑着紧跟他们的父母，母亲喊："慢点，等等我们。"

大荒看见了不远处一张桌子上一个小男孩坐在母亲怀里吃得喷香，用手心满意足地擦嘴，母亲问："吃饱了吗？"

小男孩点头说：“嗯，我的肚子变成了大西瓜。”母亲从凳子上拿起一件外套给孩子穿上，说：“乖，宝贝穿上，别着凉了。”

大荒还看见了他们背后的路上有一个小女孩正骑在父亲的肩上，小女孩很好奇地用手指着河对岸，说：“爹爹，你看。”父亲的笑容里充满了慈祥与幸福，顺着女儿手指的方向望去，河面上飘满了烛光小船，父亲说：“哇喔，真漂亮，跟我家小可一样美。”

大荒还看见了河对岸蹲了一对父子，小男孩不大，正将一只叠好的烛光船推向水面，小男孩说：“爹爹，这艘船游到很远的地方，娘亲的身体就能好了吧？”父亲强忍着挤出笑容，摸了摸孩子的头，说：“是的。”

波罗又拿手在大荒眼前挥了挥，说：“嘿，嘿，你又神游了，看上哪个了？”

大荒耸了耸肩，笑道：“缘分天定。”

波罗：“你也信？”

大荒点了点头说：“我信啊！就像遇见你，或者我师傅。”

波罗耸了耸肩说：“我也信！蚀这个家伙竟然在家睡

觉，没来真可惜了。”

大荒：“它上次半夜出来吃过苦头了。吃饱没？”

波罗刚把碗里的最后一滴汁倒进嘴里，说：“好像没有。”

大荒打了个响指，侧脸说：“小二，再来一碗。”

只听小二悠长地应答了一声“好嘞”，大荒便侧过脸看着远处，正有人“砰”的一声放着烟花，底下一群欢呼的人，街市灯火通明，天上星空璀璨，烟花绽放，醉美如斯。

Chapter 10

天上的阴云夹着山间的湿气，雒棠树下，青衣正在煮茶，比翼鸟正一分为二躲在地上互啄逗乐，一只白嘴黑身红脚的鸟从湖面飞来，着陆即幻化成穿红靴子、腰缚黑色护甲的女子，头发扎着，像一位战士，很干练，此人正是精卫，青衣的好姐妹。

青衣起身相迎，握着精卫的手说：“有些日子没来了，精卫妹妹。”

精卫噘着嘴说：“这不说来就来了嘛。”

青衣笑说：“尝尝我刚用山泉煮的茶。”

精卫说："好呀，姐姐泡的茶我最喜欢了。"

青衣给姑姑的杯子也倒了一杯茶，精卫赶忙给神女递过去说："姑姑且来喝茶。"

神女笑着说："还真有点想你了，小丫头。"

精卫说："我也想念姑姑。"

神女品茗，默而不语。

精卫喝完一杯茶说："青衣姐姐泡的茶越来越好喝了。"

青衣给精卫续杯，笑着说："你的嘴越来越贫了。"

几人正说笑着，只见一束金光从天而降，降在雏棠树下，烈一个人背着双手站在青衣她们身后，正在互啄逗乐的比翼鸟也瞪大了双眼看着不速之客。

烈笑道："如此好茶，也不邀请我一下？"

青衣翻杯洗盏给烈倒了一杯，莞尔一笑，示意烈坐下。

烈并没有席地而坐，而是绕着雏棠树晃悠，抬起头边看边说："好一棵上古神木。"

神女放下杯子冷冷地说："茶凉了喝，不好。"

烈笑道："姑姑说得是，好茶怎可浪费，烈此次专程前来，一是探望问候，二是想向姑姑讨一件东西。"说着转到茶席前弯腰举起杯子一饮而尽，但并不就坐。

精卫给了一个白眼，嘀咕道："虚伪。"

神女端起青衣刚倒好的茶，头也不抬地问："所要何物？讲。"

烈在他们身后踱步转了一圈，缓缓吐出四个字："《五藏山经》。"

神女刚递到唇边的杯子定住了，她听到这四个字就像是愣住了，面无表情。

烈低头对着神女耳畔说："确实有这个东西，对吧？"
神女不语。

烈站直了继续说："您不会让我扫兴而归吧？"说着从袖口放出那块金光闪闪的金牌令箭悬在神女他们面前，"我想，我应该有权借这东西一段时间吧？"

神女盯着金牌令箭沉默了好一会儿，说："陆吾大士可是德高望重的元老。"

烈仰天大笑道："陆吾，哼，我看他是老糊涂了。"

神女起身，走向湖面，与烈擦肩而过时说道："《五藏山经》只是一个传说。"青衣与精卫皆起身看着他俩。

烈："说谎可不是好事，这是姑姑您打小教育我们的，烈铭记在心。"

神女头也不回地说："你走吧，这里没有你要的东西。"

烈气急伸出食指和中指对着神女说："你……"随即收回自己的手大笑，"那我就试试到底有没有喽，谢谢您的茶。"说到最后一句时对着青衣笑了笑，青衣和精卫两人一头雾水，带着愁容。

只见烈瞬间变成一束金光穿到了雒棠树顶，其他9个兄弟也早已站成一个半圆形的圈，神女随即也出现在雒棠树顶，与他们对峙而立。

Chapter 11

雒棠树顶似一把巨大的伞盖，从上至下把小岛遮得严严实实，像是镶嵌在平静湖面上的宝石。神女与烈他们悬浮在树顶站着，有风迎着神女的方向吹来，吹起了神女的衣袂。

神女："这不是一个明智的选择。"

烈冷笑道："你说了我想说的，看来我似乎是没得选了。"

只见身后的8个兄弟都伸出右手，手掌上隐约透着金光，越来越亮，最年幼的明环顾身边的几位哥哥，也缓缓伸出手掌。青衣与精卫随之也赶到了树顶站在神女身后。

青衣喊道："不要！"

烈脚尖轻轻一踮，右手轻轻抬起，金光聚在手上，身体倾斜朝下对着雒棠树的正中央，看着青衣说道："你们最好不要插手。"随即用右手压下去，一束强劲的金光对着雒棠树直射而来。

说时迟那时快，神女紫色袖子一挥，右手平举，只见一层横看薄如蝉翼、竖看如星云旋转的圆盘挡在了雒棠树顶，拦住了烈的金光，金光撞击这片紫气聚集的圆盘时产生的冲击波让在场所有人都颤动了几下。

精卫惊叹道："盘古星云！"

青衣喊道："你们在干什么？"

神女面不改色地说："迷途似海，我劝你回头。"

烈青筋暴露，咬紧牙关，突然厉声喊道："还等什么？"其他9个兄弟立马发出了跟烈类似的金光注入紫色圆盘的中心，只见紫色圆盘顿时掺杂了耀眼的金色，但很快被旋转的紫色星云吸收溶解，像是一个深邃不可测的黑洞。

烈大喊："盘古星云是打不破的，你们要打的是她。"

9个兄弟和青衣、精卫听到都愣住了，青衣怒斥："倒行逆施，会遭天谴的。"

精卫朝上望着烈喊道："烈，你疯了吗？"

烈大喊："我就是天，还愣着干吗？"

9个兄弟面面相觑，但最终决定听从烈的话，除了明，他们都瞬间移形换影从盘古星云边缘挪到下方将神女团团围住，8束光齐聚射向神女，明年纪最小，还是个孩子，见此场景，吓得蹲下了。

明颤抖着抱头蹲下，哭道："姑姑，哥哥……"

烈厉声喊道："明，别愣着！"

明哭着说："我不敢，我不敢，不要……"

青衣和精卫立刻施法各甩出一道光，一道青，一道红，拦住了射向神女的那8束金光，但因为实力悬殊，青衣和精卫撑得很艰难，被逼得后退了几步，8个兄弟再次发力，一举将青衣和精卫打退。8个兄弟再次施法，欲将金光注向神女，只见神女左手抬起，一股透明旋转的气竖着拦在面前，挡住了汇聚到身前的金光，但这股气明显不如右手甩出的那股盘古星云，8个兄弟加了把劲，两只手同时发力，神女的左手竟被逼得往后缩去，雏棠树枝叶皆为之一震，纷纷飘落。青衣和精卫见状立刻赶上前分别用手按着神女的一肩帮神女顶住，双方就这样僵持着。

烈肌肉绷紧了，看着蹲着的明喊道："明，你在等什么？"

明哭着摇头说："我不要，我不要……"

边上一位兄弟的全身肌肉也绷紧了，转过头说："明，我们才是一起的。"

另一位兄弟也转过头说："明，我们快不行了！"

又一位兄弟紧跟着侧过脸喊："明！"

烈也厉声喊道："明！"

明捂着耳朵突然站起来大叫了一声，一股强大的气扩散开，瞬间，神女左手的防御被震散。明一动不动，头颅和双手低垂站着，其他8个兄弟再次发力，8束金光瞬间打向神女，将神女和青衣她们一举击溃，盘古星云也瞬间消失，神女3人从树顶齐刷刷掉到树下，两个蛮蛮正吓得躲在树后瑟瑟发抖。

烈恶狠狠地来了句："不自量力！"说完便从树顶正中央退回到边上，伸出双手，从每根手指射出一根闪闪发光的金丝，每根金丝蜿蜒着绕了雒棠树的一圈，只听烈大喝一声，双手缓缓抬起，雒棠树竟有要被连根拔起之势。

　　神女3人摔在地上还没起身，就发现雏棠树的树根都要被拔起了，隆起的地面掀翻了茶台和古琴，也让神女她们滚到了边上，3人见状赶忙互相搀扶着站稳，两个蛮蛮直接滚到了湖里合体变身，变成了一只巨大的比翼鸟，盘旋着飞到青衣她们头上。

　　神女两手甩出两条紫光紧紧地拽住树干底部，闭上双眼，嘴里默念着什么咒语，将雏棠树稳在地面上。雏棠树顶上的烈见状也加紧发力把雏棠树往上拔。

　　地面震动，把青衣和精卫晃得直喊："姑姑，姑姑……"

　　只见雏棠树的枝干上迅速蔓延开了一根根紫色的脉络，从主干到树枝，再到树顶的每一片叶子，双方在较着劲。

　　烈冲着站在一旁的9个兄弟喊道："还不来帮忙？"

　　烈的8个兄弟瞬间移动到雏棠树顶围成一圈站好，明依然原地不动，其他8个兄弟像烈一样双手射出10道金色的蜘蛛丝将雏棠树扣住往上拔起，很明显，紫色的脉络渐渐抵抗不了金色的蛛丝了。

　　神女看着雏棠树被向上拽去，树根也快要被拔起了，突然睁开眼咬紧牙关喊了声："出！"只见树根与地面的缝隙间缓缓地飘出一卷竹简样的东西，这卷"竹简"被两束细若游丝的紫光裹挟着飘到了神女的两手之间，地面晃动得厉害。

神女将其塞给青衣说："找到它真正的主人，这是我们世代相传的使命。"

青衣勉强站住，将《五臧山经》收进了衣袖，说："姑姑……"

神女又赶忙把怀里一件白衣塞给青衣说："记住姑姑说的话，快走，不然来不及了，快！"

精卫抹着眼泪拽着青衣，青衣拽着神女的衣袖，哭道："姑姑……"

神女喊道："快走！"

精卫用劲将青衣拽开，跳上了盘旋而至的比翼鸟，精卫说："蛮蛮，快！"只见蛮蛮尖叫一声，快速地划过湖面飞走。

青衣哭喊："姑姑……"

回望时，只见雒棠树被金光笼罩，燃烧了起来，上面是火，下面是水，雒棠树轰然倒地的那一刻，湖面的波浪向外震去，整个昆仑山及天下都为之一震。

第三卷　所谓伊人在彼岸

所谓英雄，可能只是阴差阳错干了一件得道多助的事，故事的最初一定是生死相逼，踏出第一步的时候，爱恨情仇便成了冥冥中的注定，而这些，大荒并不知道。

Chapter 1

雒棠树毁，昆仑山动，天下为之大动，这一波震动迅速朝三界散了开去。

大荒住处的木屋内，一根树枝竖在桌上，蛾正翻着身躺在树枝顶端，波罗趴在矮桌边围观，大荒背对着他们看着窗外，蛾说："我平时都是这么睡觉的。"波罗张嘴刚准备啧啧称叹，蛾便被莫名其妙震掉了下来，波罗拍地哈哈大笑。

街市上的酒肆里一群混混模样的人正围着一张桌子，其中一个人狠狠地把刀插在桌上说："要么还钱，要么喝了这三坛，喝不完，哼哼……"只见对面那个人哆嗦着咬牙切齿掉掉酒坛上的布盖，提起酒坛仰天痛饮，一群人齐声叫好。

"咣当"一声，第一坛酒喝完，酒坛摔碎在地，那人刚准备端起第二坛酒，突然发现酒坛里的酒颤抖起来，地面也颤抖起来，酒肆柜台上的酒也"咣当""咣当"接二连三摔碎在地。突然有人大喊一声："地震啦！"一群人吓得躲的躲、跑的跑，桌肚底下塞满了人，还有人磕到了头，一团乱麻。

东方临海有一座山，立于此可眺望到浩瀚无垠的大海，有一棵长满了珠宝玉石的树，叫琅玕树，琅玕树上有两只五彩斑斓的鸟正在吃着这些珠宝玉石，这两只鸟便是凤、凰。一个蓬头戴胜的女人正依靠着身后的小桌子眺望大海，这个女人便是以酷刑让三界闻风丧胆的西王母，西王母长着豹尾、虎齿，善啸，即所谓河东狮吼，身边还紧跟着一只赤首黑目的青鸟，看上去极其凶恶。

一阵剧烈的晃动把西王母依靠的小桌子晃得厉害，青鸟也扑腾一下飞到了边上，琅玕树上的珠玉果实也被晃掉下来一批，凤和凰也被惊吓到了，只见凤和凰飞离树干，在空中交叉盘旋鸣叫着。西王母望着东方大海的海浪，露出老虎般的牙齿和豹子般的尾巴，张开双臂，河东狮吼了一声，桌上的杯子和手镯瞬间被声音震碎。

北方犬戎族的一个帐蓬内灯火通明，犬戎族部落有着人的身体和狗一样的头颅，说人话，只见一位被掳来的女子正跪着依次进献酒食，盘子里摆满了酒碗，不时有人调戏挑逗这个曼妙的女子，女子隐忍避让，默而不语。

一位手执圆月弯刀的犬戎族侍卫牵着一匹俊俏的白马，此马长着红色的鬃毛，目若黄金，闪闪发光，侍卫说："此马名叫吉量，骑它长寿千岁。"

首领样的人端坐在中间，女子正好端着盘子跪着来到了首领面前，首领摆了摆手示意侍卫出去，色眯眯地说："掳来的马牵出去，好生看着，你，留下。"言罢用手勾起美女的下巴，仰天大笑，周围的将领也哄堂大笑，美女愤恨地把头侧到一旁。就在美女转头的瞬间，盘子里的酒碗剧烈地晃动了起来，酒洒了一地，帐蓬内的火把也晃得掉到了地上，那匹刚准备牵走的宝马吉量也突然前蹄跃起，仰天长嘶，场面一片混乱。

再说处大地深处的冥界，穿过幽暗的黑水深渊，即可看见一道隐约透着光亮的轮回之门。只见黑水深渊波涛汹涌、暗流涌动，黑水倒灌进轮回之门，挂满了幽暗灯火的冥府像是被什么东西撞到了一般，墙灰直掉，幽火也剧烈地晃动起来，冥府中间是一个深不见底的火坑，直通地底，恶鬼冤魂的喊叫声乱成一片。

执事绕过火坑，晃着进大殿，跪在鬼王面前说："报！大事不好了，大事不好了。"

鬼王正坐在桌案后面自顾不能，桌案上的东西被晃得乱七八糟，自己差点没坐稳。

执事扶了扶头顶的官帽接着说："幽冥之门洞开，活死人重归人界，天下恐大乱。"

鬼王："哪方为患最重？"

执事："西方据比尸。"

鬼王慌乱中大手一指："速去擒拿，速去擒拿。"

执事磕头道："遵命！"还没说完差点被晃翻撞到墙上，疼得哭爹喊娘。

Chapter 2

月光洒在一片乱葬岗上，杂草丛生，大地底下似乎有什么东西滚动一般，土地像波浪一样翻滚，一阵阴风呼啸吹过，远处的山上传来了几声凄厉的狼嚎。

一片死一样的寂静，只听"咔吱"一声，过了好一会儿，一只干枯的手突然翻到地面上并抓住地面，一个据比尸慢慢地爬出来，披散着头发，裹着一件白袍，站起来的时候脖子都是往侧前方歪着的，身形干枯，面容同样干枯狰狞。

只听第一个爬出来的据比尸转过身沙哑地叫了一声，整片乱葬岗里的泥土都被掀起，一大波据比尸都慢慢爬了出来。

山头上的狼看见月光下一大片折颈、披发、缺一只手、裹白袍的据比尸站着沙哑地吼叫着，吓得从山头上转身离去，身后的天上月光皎洁。

今晚的月亮确实很圆，湖面平静，跟天空一样像一面干净的镜子，像什么都没发生一样，雒棠树的残骸倒在地上冒着袅袅青烟。雒棠树为上古神树，是昆仑山之根，而集聚了九州山川灵气的《五臧山经》正藏于此树，《五臧山经》更是一道无形的封印，镇压着困于昆仑山下的战神刑天，《五臧山经》一动，封印为之瓦解，昆仑山动，天地风云顿起。

顺着雒棠树树根被拔起露出的地洞，月光射了进去，这个洞更像是一个蜿蜒曲折的无底洞，一直通到鲜为人知的地底深处，而最底下竟有一处岩洞。只见一束光线打在一个人身上，此人无头，袒胸露乳，正盘坐在一块岩石上，这束光射进来的时候，这个无头之人的乳头突然像眼睛一样睁开了，而肚脐竟像嘴一样张开大笑不止。

此人正是鸿蒙初辟时威震三界的战神刑天，其只在腰间裹了块兽皮，光着脚起身走下岩石，走向对面的岩壁，只见左边的地上插着盾牌，右边的地上插着巨斧，他左手拿起盾牌，右手操起巨斧，声音低沉地说道："我说过，我一定会回来的。"

Chapter 3

一个昏暗的山洞里，岩壁上画满了各类奇珍异兽的图腾，岩壁边放了一排火盆，颤抖的火焰让洞内看起来更加神秘，气氛诡谲异常，刑天的盾牌和战斧搁置在一旁。洞内有块高大隆起的条形石块，刑天正平躺在上面，头部放了个火盆正燃烧着熊熊火焰，6位看不清面容的巫师正围着刑天转圈，众人皆着黑色衣袍，手执古木杖，转圈的时候手舞足蹈，嘴里念念有词，其音低沉沙哑，领队的一位巫师手里举着一个铃铛晃着。

这6位巫师便是上古谜一样存在的六大巫师：巫彭、巫抵、巫阳、巫履、巫凡、巫相，此6人皆有起死还魂之能并手操不死之药，凡夫俗子根本寻不到其踪迹。为首的巫彭突然在火盆前停下，伸出一只手放进火盆，火盆里的火竟不能伤他一毫。只见其从中取出一片被烧得通红的龟壳，刚递到面前准备观看，龟壳瞬间灰飞烟灭。

巫彭颤抖着声音看着手里残留的灰烬说道："天帝加持，头不可得。"

刑天瞬间从石块上消失，变幻到这群巫师身后，手持盾牌和巨斧，以巨斧击地，山洞为之一震，说："哼！区区一头颅算什么！"

巫师们差点没站稳，巫彭转身走到刑天身前，用手摸着刑天的身体，缓缓说："《五臧山经》可助您寻回头颅，找到它也是您的唯一胜算。"

刑天握紧巨斧的手青筋暴露，咬牙切齿，他似乎陷入了从前的回忆中。

曾记否，九天之上风起云涌，电闪雷鸣，刑天与俊对峙斗法以争天帝之位。刑天操巨斧和盾牌，俊则以日月之光护体并反击，刑天以盾牌挡住攻击并用巨斧挥出洪荒之气，七天七夜，不相上下。

刑天看着俊，只见俊最终决定使出最后一招，双臂舒展，然后双掌合起缓缓平放于丹田，川泽的灵气像萤火虫一般汇集到俊的身边并幻化成竹简般。当俊把这卷竹简样的东西打过来的时候，刑天竟然毫无抵抗力地被裹住了，周遭全是金光闪闪的"竹简"及字符，他挥动巨斧劈过去一点反应都没有，自己反而被冲击力撞了回来。"竹简"越裹越紧，刑天"啊"了一声，防御被击溃，俊挥出一道日月之光将其斩首……

刑天想起这段往事时总会情难自禁，握紧巨斧的手青筋暴露，只见其攥紧了巨斧，怒吼一声，再次狠狠地击了一下地面，山洞又剧烈地晃动了起来，竟似快要坍塌一般。

待晃动消停了，刑天冷冷地问："《五臧山经》在哪？"

巫彭伸出自己沾满灰烬的手说："它有九州山川灵气护法，原封印于昆仑山上古神木雒棠树下，今雒棠树毁，亦无踪可循。"

刑天握着巨斧的右手又攥紧了，怒目圆睁，瞪着巫彭，说："嗯？"

巫彭说："但它会找到真正的主人。"

刑天怒吼道："它的主人是谁？"

巫彭说："一位撼天动地之人，三界真正的王。"

刑天咬牙切齿："俊？"巫彭闻之缓缓摇头。

刑天转身欲离开，说："绝无可能！"

巫彭说："这是宿命。"

刑天头也不回地走开："哼，宿命？"

巫师们看着刑天离去，岩壁上的图腾在颤抖的火光下显得愈加诡异，刑天一步步走进黑暗，消失不见。

Chapter 4

昆仑山大殿内，烈正站在大殿上来回踱步，发号施令，底下站着他的九个兄弟以及两排文武大臣，皆执笏作揖而立。

烈掏出金牌令箭，厉声说道："陆吾私通神女一干人等，携《五臧山经》潜逃，昆仑山动，逆天而行，罪不容诛！"

话音未落，只见门外两个手执长矛的侍卫被一股强劲的气震得飞到了殿内，瘫倒在地挣扎呻吟。随后无头的刑天手持巨斧缓缓跨进大殿。殿内大臣皆转身回望，有年长者瞪大了双眼惊讶不已，嘀咕道："啊？刑天大士……"

刑天闭着眼径直往前走，被殿内两侧的六个侍卫拦住，长矛直抵刑天，侍卫厉声喝道："来者何人？不得无礼！"

刑天停下，怒睁双眼，持巨斧的右手往地上用力一击，一阵冲击波将大殿震得直晃，所有人都无法站稳，而拦住他的六个侍卫直接被震飞了。刑天继续往前走，大家都自动给刑天让开一条路，刑天走到烈的正前方停了下来。

烈厉声问道："来者何人？"

刑天冷笑道："你父亲若在，恐还要敬我三分。"

一位斯文的老臣赶忙说道："刑天大士为上古战神，清定三界，功不可没。"

烈踱步疑惑地打量着刑天，侧脸问刑天侧后方启禀的那位大臣："为何我从未听闻？"

刑天大笑："孩子，你不知道的还多着呢。"

烈伸出一只手指向刑天，怒说："你……"

只见刑天瞬间变幻到烈的身后，用巨斧架在烈的脖子上，说："我说过，你父亲若在，恐还要敬我三分。"底下一群人看着大殿台阶上发生的这一幕紧张得噤若寒蝉。

烈咬紧牙关，双拳紧握，侧目斜视，一个移步换影刚准备避开巨斧的刀锋变幻到左侧，不曾想被动作更快的刑天一下子追上。刑天身影还没定型，就挥起左手，之前空空如也的左手瞬间出现了一块坚如磐石的盾牌，盾牌"轰"的一下将烈打得滚回了大殿中央。烈张嘴喷出一口鲜血，躺在地上用手擦着血，怒视刑天，底下无一人敢动。

刑天收好盾牌，左手像之前一样空空如也，慢慢走到烈的面前，举起巨斧说："交出《五臧山经》。"

烈吐了口嘴里的血水，说："你杀了我也没用，《五臧山经》早已不在昆仑山。"

刑天举起巨斧欲劈向烈，吓得烈赶忙抱头求饶，喊道："不要杀我，我们可以合作。"刑天的巨斧在烈的头上停了下来。

刑天问："合作？"

烈望着刑天说："我可以帮你找到《五臧山经》。"说这话的时候语气早已不像之前发号施令时那般威严，多了点仓促。

刑天收回巨斧，说："好！"随即走到龙座前，慢慢抚摸着，对着烈说，"这个位子不是谁都能坐的，哈哈哈哈哈哈。"说完瞬间消失不见，大殿内笑声犹绕梁。

烈狼狈地爬起来，沉默地看着底下骚动的大臣，突然喊道："应龙何在？"

应龙为烈麾下一员大将，能幻化成黑色的飞龙，有着细长刚劲、锋利无比的四爪，兴云布雨，凶猛至极。

一身黑色铠甲、两只黑色龙爪的应龙出列，说："应龙听命。"

烈大手一挥："缉拿青衣、精卫一干人等，速去！"

应龙道："应龙领命！"只见应龙走出大殿，在门外幻化成一条飞龙尖叫着飞走。

Chapter 5

月光稀薄，比翼鸟驮着青衣和精卫在一处简朴的农舍里停下来歇脚，着陆后立马一分为二化作一青一红两只蹦蹦跳跳的野鸭子，一只脚一只翅膀一个大眼，院子里的狗冲着蛮蛮叫，蛮蛮来回挑逗着狗，惊动了屋里的人，屋内橙黄色的灯光透过窗子显得很温暖，人影在屋内晃动着。

青色的蛮蛮蹦到前面冲着狗瞪眼，喉咙发出咕噜咕噜的声音，突然一蹦蹦得老高，吓得狗落荒而逃，边跑边叫。

精卫说："蛮蛮，别闹。"青色的蛮蛮听精卫喊它名字才消停下来，朝精卫和青衣望了望，蹦到了红色的蛮蛮身边，用翅膀搂着红色的蛮蛮。

青衣有气无力地念叨："姑姑，姑姑……"

屋内一个沙哑的老奶奶问："老头子，外面什么动静啊？"

只见一位老爷爷端着一碟油灯打开屋子的门，油灯燃着豆大的颤抖的光，老爷爷将其端到正前方端详着院子里的青衣两人，精卫正扶着青衣。

老爷爷问："二位姑娘是？"

精卫："老人家，我们连夜赶路，有些乏了，正好路过，想歇个脚，我叫精卫，这是我姐姐。"

青衣莞尔一笑，微微点点头，她看起来很虚弱。

老人家带头两人向杂物房走过去，一手护着油灯晃动的火苗，说："一到晚上，山里经常有狼跑出来偷羊，这里虽然简陋，但还算安全，二位姑娘将就着住一宿吧。"

精卫扶着青衣，蛮蛮蹦蹦跳跳在后面跟着，转过身冲着躲在院角叫着的狗做了个鬼脸，把狗吓得一愣，瞬间哑声。

精卫："谢谢老人家。"

老爷爷问："你们赶路是去探望亲人吗？"

精卫想了想，点头道："是的。"

只见老人家打开杂物房的门，精卫扶着青衣进去，蛮蛮也相继蹦了进去。农舍是土房子，里面很简陋，坑坑洼洼的墙壁和地面，桌上放着老人家刚端着的油灯，蛮蛮已经躺在屋角依偎着要睡了，边上堆满了各种农具。

老人家端来一个破旧扁平的竹箩筐，里面放着四五个干瘪的饼，老爷爷说："家里就剩这些了，委屈你们了。"

精卫拿起一个饼就啃，开心地说："谢谢老人家，我最喜欢吃这个了。"

老人家慈祥地笑了笑，转身缓缓离开，说："不打扰二位歇息了。"随即关上嘎吱嘎吱的房门。

精卫递给青衣一个饼，说："尝尝，青衣姐姐，很香的。"

青衣接过饼啃了一口，嚼着嚼着眼泪就滑了下来，滴在了手中的饼里。

精卫说："兴许姑姑没事呢？"

青衣摇了摇头，说："不，我能感觉到。"眼泪又滴了下来。

精卫坐到青衣身边搂着青衣说："现在不是哭的时候，我们要赶紧恢复体力，明天赶早离开，防止丧尽天良的烈追来，乖，听话，我的好姐姐，不然我就喂你吃了哦。"

青衣默默地啃着饼，沉默了一会儿说："你不用担心我，早点休息吧，连累你了。"

精卫说："换我肯定不会说最后一句话。"

青衣望着窗外的夜，圆圆的月亮被云层半掩着，狗已经不叫了，能听见蛐蛐的声音，世界好安静。

Chapter 6

大荒正一个人坐在湖边的草地上盯着湖面发呆，月亮很圆，但云层也很厚，常把月亮给遮掩住，耳畔是不绝于耳的蛐蛐声。大荒朝湖面扔了块石子，石子落水时荡起了一圈一圈大大小小的涟漪扩散开去，大荒盯着中间荡漾着的涟漪陷入了回忆。

那是一望无际的荒野，长满了芦苇，布满了沼泽，太阳落山之际，日影几近于与大地平行。大荒的师傅司影从西面往东面飞去，又大又圆而且快速西沉的太阳映衬着司影的身影，太阳终于沉了下去，大地被黑暗覆盖。

司影发现荒野中有一个东西正在隐约散发着紫色的光，立马按下身子下去查看，拨开芦苇，发现地上竟放着一个赤身裸体、嗷嗷大哭的男婴，紫光正是从男婴身上散发出来的，近看时却看不见丝毫紫光之气。

大荒就这样被司影带回，灯火照亮了整间屋子，折丹正抱着大荒晃着哄他，大荒盯着折丹咯咯地笑，折丹和站在两旁的司影、寿麻也都笑了起来。

折丹说："给娃起个名吧。"

司影看着大荒说："这个孩子不是一般人，我从大荒之野将其抱回，索性就叫大荒吧，如何？"说完看着另一边的寿麻，只见寿麻捋着胡须笑着点了点头。

折丹晃着怀里的大荒说："好，这名好，大荒，呦，大荒。"

大荒的笑声充满了屋子的每个角落，大家也都跟着笑起来。

大荒10岁那年，风吹麦浪的午后，也快接近傍晚了，折丹正站在田野间给大荒示范如何用意念控制风起风停，只见折丹的膝盖微微弯曲半蹲，双掌缓缓抬起，双眼默默闭上，突然喊了一声："起！"这一声出自丹田，犹如游龙出水，一股绵柔强劲的风顿时从身前推出，麦浪从这头翻到那头，大荒见此美景忍不住欢呼雀跃。

大荒学着折丹样子照做，半蹲屈膝，闭眼皱紧了双眉，得其形而失其神，动作僵硬得厉害，少了点自然天成的感觉。

大荒也大喊一声："起！"一阵微风从掌间穿过，两朵蒲公英花旋转着飞到了远方，麦子只有身前几株微微晃动了一下。

折丹摸了摸大荒的头说："眼闭心不闭，你的头低得太厉害了，不过已经很棒了，我们回去吧，寿麻师傅喊吃晚饭了。"

夕阳西下，归鸟划过天空，田野间的小路通向很远的远方，折丹牵着大荒。

大荒："你听到寿麻师傅喊了吗？"

折丹："听到了啊。"

大荒摸了摸脑袋："我怎么听不清？"

折丹："你没用心学。"

大荒："哦。"

记得脚下这片熟悉的湖畔，月光很亮，山间很静，大荒依然还是个小孩子，正跟司影站着辨别星辰。

大荒突然问："司影师傅，我爹娘是谁？他们怎么不来找我？"

司影沉默了一会儿，摸了摸大荒的头说："孩子，很多时候我们并不知道自己从哪里来，要到哪里去。"说完用另一只手指着星空说，"当你立于天地间，天下都是你的主场。好比这天上的星辰，你能感觉到它们的存在，就像它们也能感觉到你的存在一样。"

大荒顺着司影手指的方向望着星空，说："我还是不太明白。"

司影说："长大了你就慢慢懂了。"

大荒："那我什么时候能长大？"

司影："你慢慢懂的时候就长大了。"

星空璀璨，月光皎洁，夜依然很静。

Chapter 7

大荒从回忆回到现实，湖面荡漾的涟漪已慢慢恢复平静，云层远去，月光依然皎洁如当年，只见大荒慢慢站起身，双拳紧握，眉头紧皱，渐渐有风迎面吹来，吹起了大荒的衣袂，且势头愈来愈强烈。

波罗的身影从远处靠近，只听他喊道："嘿，你这泡尿够长啊。"

波罗还没有说完，只见大荒握紧双拳，双臂慢慢向两侧舒展抬起，周身散发着紫光之气，只听大荒大喝一声"啊——"，原本平静的湖面便像是被什么力量引爆一样，一股薄如蝉翼的冲击波迅速扩散开去。波罗一手遮面挡风，毫无防备地被这股突如其来的冲击波撞得一个踉跄跌倒在地。

待波罗起身赶到大荒身边时，大荒很安静地转身，有气无力地说："走吧。"

波罗比划着双臂展开的动作，然后揉着屁股跟在大荒身后说："刚那招看起来酷毙了，比蠍那个家伙酷多了，喔，我的屁股，喔。"

此刻的刑天正在千里之外的一个房间的蒲团上打坐冥思，巨斧和盾牌皆安放在侧，靠近窗口的桌上燃了一碟油灯，窗外月色明亮，油灯在安静地燃烧着，时空仿佛静止。

突然，一股微弱的气冲击在火苗上，火苗被撞得晃了两下，刑天的眼睛突然睁开，看着渐又平静的火苗，自言自语道："你终于出现了。"

Chapter 8

拂晓，大雾，鸡鸣，老奶奶挎着竹筐站在院子里，狗和几只鸡在墙角转悠着，老爷爷拎着锄头朝杂物房走去。

老爷爷把手里拿着的锄头放在门口，然后敲门说："二位姑娘，早饭做好了，我和老伴下趟田，你们起来自己打理。"

老爷爷还没说完，发现门被自己轻轻敲开了。老爷爷推开门的时候门嘎吱嘎吱地响了两声，在门口试探着朝内看了两眼，又喊了两声，无人应答，遂走进屋内，发现屋内收拾得整整齐齐，桌上熄灭的油灯旁边原本盛饼的竹箩筐里放满了珠宝玉石。

老爷爷惊叹了声："啊？"

老爷爷惊慌失措地走出房门，手里捧着那个竹箩筐，向老伴走来，说："孩他娘，做梦啊，做梦啊……"

老奶奶看着老伴手里的竹箩筐，也看了看激动不已的老伴，再看了看房门开着的杂物房，声音缓慢颤抖地说道："我们遇上贵人了。"

老爷爷道："是啊。"

屋上东方既白，天愈加亮了，乡村氤氲着怡人的雾气。

Chapter 9

山间的晨曦很柔和，大荒和波罗两人正一手一个大桶拎水爬着斜坡往回走，大荒走在前面，波罗紧跟其后，蛾趴在波罗的头上。波罗放下两个水桶用手撑着膝盖弯腰大口喘气，蛾后脚差点从波罗头上滑下去。

蛾一惊，说："丫！为什么你的头发这么少？我总以为自己趴在石头上。"

波罗大口喘着气道："不行了，为什么不直接搞根水管通到山下？"

蛾邪恶地笑道："你的够长吗？"

波罗把头又埋下去一点点，看了看自己说："你还挺幽默嘛，这是我听过最有挑战性的一件事。"

大荒回头笑着说："这算好的了，秋冬时节，泉水干枯，我们要翻到山的另一边去挑水，走吧。"说完转身继续往斜坡上走。

波罗抬起身子用手比划了两下说："你不是可以咻——咻——使两招，水不就来了嘛。"

大荒耸了耸肩说："师傅说不到万不得已千万不能用超自然的力量。"

波罗深吸一口气，晃了晃脑袋，重新拎起水桶跟在大荒身后嘀咕说："好吧，坐稳了，勇士继续前行。"说完冲刺着跑了起来，边跑边喊，"喂——等等我。"

蚁因为惯性差点没趴稳，抱紧波罗的头说："丫头哎！别忘了，我是吃荤的。"

大荒一行人等回到住处发现院落一片狼藉，像是刚发生什么打斗，院门和木栅栏都被打散倒在地上，那口水缸也被打碎了，大荒拎着水桶愣住了，波罗也紧随其后冲了上来。

波罗瞪大了双眼："天呐，刚发生了什么？"

大荒丢下水桶，冲向屋子，说道："不好。"

波罗没反应过来，也丢下水桶追大荒，说："什么不好？"

Chapter 10

屋内窗明几净，跟院子里的景象形成强烈的反差，安静得异常。大荒冲进屋的时候大喊："师傅，师傅……"但什么都没有发现，波罗和蚁也随即冲了进来。

　　大荒又转身看了一圈，发现铜镜的方向有个女人的声音在哼，是折丹师傅的声音，像是被什么东西捆住了一样。大荒立马冲到了那面铜镜的后面，什么也没发现，大荒随即又慢慢走到了铜镜的前面抚摸着镜面，波罗他们也在边上看着铜镜。突然铜镜里出现一个无头的人缓缓朝大荒走来，手持巨斧和盾牌，此人不是别人，正是独步三界的刑天。

　　波罗也看到了，用手一指铜镜，吓得一个趔趄往后跌倒，大喊："大荒。"

　　蛾也被摔到了地上，翻了个身，说："丫！没一个靠谱的。"

　　波罗哆嗦着说："我们，我们好像遇到麻烦了。"

　　蛾甩了甩头，定睛道："还要你说？"

　　波罗："你不怕吗？"

　　蛾："所有人怕的时候都要抖得跟你一样吗？"

　　大荒听波罗喊的时候也看到了铜镜里的刑天，立刻转身，发现并没有人，疑惑间，刑天已从铜镜里走出来，朝大荒缓缓走来，大荒立刻转身，张大了嘴巴，惊诧不已。

　　波罗瘫在地上说："也是，至少我没张那么大嘴巴，我们现在该怎么办？"波罗说完看了看身边的蛾，发现蛾已不在原地了。

蛾瞬间平移，出现在大荒和刑天的中间，对着大荒说："小主人，不用怕，有我在。"然后转身对着刑天，"嘿，新来的，你最好想清楚了，现在转身还来得及，否则有你好受的。"

刑天稍微停了一下看了看地面上的神龟蛾，像是没听见一样，继续缓缓前行。

蛾昂起了头颅，怒说："敬酒不吃……"还没说完就准备朝刑天吐沙子，说时迟那时快，蛾被刑天用巨斧轻轻一挥，"砰"的一声就被打飞了，正好飞到了波罗的怀里。

人荒侧过脸喊道："蛾。"

波罗疼得喊道："啊，完了，完了。"

蛾从波罗怀里滚到波罗掌心里，甩了甩头，咳嗽着说："吃罚酒……该喊的是我好不好。"

大荒盯着刑天问："我师傅呢？"

刑天停下说："你好啊，撼天动地之人。"说完绕过大荒，走到大荒身后继续说，"有点意外，你竟然是个孩子。"

大荒转过身问："我已经成年了，不过我还是听不懂你在说什么，我师傅呢？"

刑天用巨斧朝铜镜挥了一束白光，铜镜没有碎，寿麻、司影，和折丹三位师傅竟然都被闪闪发光的捆仙绳紧紧地捆在三片镜面上，一半身体露在外面，另一半身体似乎仍在镜子的后面，寿麻师傅闭目不语，他在镜子里依然没有影子。

折丹挣扎着怒骂："刑天，你会遭天谴的。"

司影平静地说道："刑天大士，我们这里没有你想要的东西。"

刑天："我没有时间陪你们折腾。"

折丹喊道："大荒，你快走，这里跟你没关系。"

大荒站着一动不动，说："师傅……"他并不知道这里发生了什么。

刑天慢慢走到司影他们面前说："量你们也不敢骗我，《五藏山经》这里没有，但他，迟早会有。"说着转身用巨斧指着大荒。

司影："他什么都不知道。"

刑天凑到司影面前说："这不重要，重要的是，他能找到《五藏山经》，然后，交给我。"说着握紧左手的拳头。

折丹侧脸朝刑天啐了口唾沫，说："呸，天帝的手下败将。"

刑天用左手慢慢揩掉胸口的吐沫，转身背对着折丹他们，盯着大荒，抓着巨斧的右手越攥越紧，突然猛地大喝一声，用巨斧击地，震得整间屋子颤抖不止，大荒也没站稳被冲撞到墙角。只见刑天随即跃起，所有人都以为这一斧子是劈向大荒，大荒条件反射似的掩面，不曾想刑天竟能腾空转身，一股强劲无比的气朝折丹劈了过去，折丹还没来得及轻轻"啊"一声，便见其身体正中间从头颅至下出现一道极细的血痕，然后整个人幻化成一阵烟灰消失不见，镜面完好无损。

刑天："三界之内，还没人敢这样跟我说话。若没有《五臧山经》，天帝又奈我何？"

大荒趴在地上伸出一只手哭喊："折丹师傅……"

刑天走到司影面前说："很惊讶你的徒儿竟是《五臧山经》的主人是吧？"

司影："《五臧山经》三界之内没几个人见过，当年您与天帝之争亦属情理之中，我们都敬重您的功劳，千百年来，神界、人界，和冥界相安无事，若为此再起纷争，天下将大乱，这绝非我们应为之事，更与当初于混沌中定三界的初衷背离甚远。"

刑天："你说话倒不难听，但我看你是老糊涂了，昆仑山雒棠树毁，《五藏山经》流出，天下已然大乱。"

司影："我们应以天下大计为重，更不能火上浇油。"

刑天慢慢踱步到大荒面前，说："天下大计？把它的主人像当年封藏它一样藏起来，然后坐看战乱连年，这就是你的天下大计？"

司影沉默了一会儿，说："你说的没错，只是……"

司影还没说完，只见刑天怒吼了一声瞬间转身，朝司影劈了一斧子，司影跟折丹一样，化作一缕青烟消失不见。

大荒哭喊着："不要，师傅……"

刑天对着司影身后的那面镜子压低了声音说："没有只是，你已经浪费了我很多时间。"

大荒趴在地上哭喊："师傅……"

寿麻突然睁开眼，刑天走到了寿麻跟前看了看，又转身朝大荒走去，大荒隔着刑天于泪眼朦胧中瞥见寿麻师傅张开嘴唇，舌头轻轻动着，似乎在说什么，但是没有声音。大荒含泪听清了寿麻师傅说的话，这也是寿麻师傅教了他十几年的千里传音，只有他和几位师傅能听懂，当然了，蚁也能听懂。

寿麻在说："孩子，按刑天说的，去找到《五藏山经》，但是，不要交给刑天。"

刑天走到大荒跟前停了下来，大荒把头埋到地上哽咽道："我帮你找到《五藏山经》，不要再伤害我师傅了，我帮你找到《五藏山经》……"

刑天："你这点倒跟你师傅不一样。"

波罗蜷缩在门槛那儿问掌心里的蜮："师傅刚说什么了？"

蜮抬头看了看波罗，说："什么也没说。"

刑天左手一挥，两束光分别打在大荒的两只手腕上，只见大荒的手腕上套上了两个金圈像囚禁犯人的镣铐，只是两个金圈之间没有链条扣着而已。

刑天："算我的一份见面礼，它们属上古神器，可与补天石媲美，对你或有帮助。"说完瞬间飞进寿麻的那面镜子，两人一起消失不见。

屋内依旧窗明几净，大荒趴在地上哽咽着，他不相信刚发生的一切，但一切都真实地发生了。

Chapter 11

阳光明媚，青草依依，青衣他们刚走到一处山顶歇脚，身边一侧是陡峭异常的悬崖。两只蛮蛮刚蹦蹦跳跳了两步，只见一条黑色的飞龙呼啸着从前方飞来拦住去路，着陆的时候幻化成一身黑色铠甲、两只黑色龙爪的人形，此人正是能兴云布雨的大将应龙，精卫回头看的时候发现身后也有一排天兵天将拦住了去路，蛮蛮吓得赶紧抱住了青衣的大腿，青色的蛮蛮又随即抱住了红色的蛮蛮。

应龙伸出像龙爪一样的手作揖道："青衣姑娘，别来无恙。"

青衣咬牙切齿地说道："你也要助纣为虐？"

精卫直接啐了口唾沫，用手指着应龙鼻子骂道："呸，烈狼子野心，他会遭天谴的，你若执迷不悟，迟早也会遭天谴的，给我让开。"

应龙一动不动，说："卑职不懂，卑职也不管，卑职只知道做好自己该做的。"

青衣缓缓走到应龙面前，又缓缓踱步回来，说："那你是准备把我们捆着走，还是大卸八块？"

应龙依然一动不动地作揖说道："卑职不敢。"

精卫说："还有你们不敢的？"

青衣拽了一下激动的精卫，看着精卫，说："精卫。"

精卫收回衣袖，义愤填膺地跺脚说："姐姐。"

青衣转身对着应龙，缓缓地说："如果，我们不跟你走呢？"

应龙依然一动不动，说："卑职不希望有如果。"

青衣："你知道，这个世上一直都有如果。"

应龙突然站直了身子，双臂向侧方举至水平处，似拥抱状，又似阻拦状，两只四爪手的手指像蛇般缓缓蠕动着，面无表情地说："那就莫怪卑职无礼了。"

说时迟那时快，只见山顶另一侧突然"啊"的一声飞上来一只乌龟，未见其人，先闻其声，随即翻上来两个人，一黄一黑，正是大荒和波罗，抛物线般落地的乌龟正是神龟蜮。

蜮打了两个滚，抖了抖身子说："丫！安全着陆。"说完看着山顶另一侧，只见波罗先露出一只手把布袋子扔了上来——差点砸到蜮，被蜮侧了个头躲了过去——随后全身爬上来，大荒最后爬上来，两人都趴在草地上看着前面。

波罗爬上来的时候，气喘吁吁道："我发誓，这可能是我这辈子爬的最高的一座山。"

大荒没爬上来的时候说："山路近，管不了那么多了，我一定会替师傅报仇的。"

蜮盯着他俩说："我可是第一个入伙的，你们眼睛瞪那么大干吗？"它发现波罗正趴在地上盯着它看，大荒也正趴着盯着前方看，眼神好像有点不太对劲。蜮随即慢悠悠地转身，顺着他俩看的方向看过去，边转身边说："年轻人的世界真看不懂。丫！这么多人，很热闹嘛。"蜮说着的时候，应龙、青衣他们正一动不动地盯着大荒他们，大家脸带诧异的神情面面相觑。

大荒赶忙起身拍拍屁股，笑着说："不好意思，路过。"

波罗也跟着打招呼说："不好意思，路过。"随即起身拍拍屁股，背好布袋子，抓起蜮放在自己的肩头，跟着大荒往前走。

蜮嘀咕道："你们不觉得这里有一出好戏吗？"

大荒瞥了应龙一眼，应龙的双臂仍然张开着，像定住一般，大荒随即跟青衣擦肩而过，两人似曾相识般侧脸互相凝视，但谁都没有说话。大荒只是感觉青衣身上散发出一种妙不可言的脱俗清香，这种味道很诱人，很销魂，而大荒当然不知道这是雒棠树花瓣的味道。

几个天兵天将挡住了大荒的去路，大荒说："借过。"天兵天将从中间让开一条道，大荒随口说了声"谢谢"。

没走两步，大荒突然停下来，对着波罗说："他们刚刚是不是没有说'不用谢'？"

波罗歪着脖子问趴在肩膀上的蜮："嘿，你听到了吗？"

蜮甩了甩头说："没有。"

波罗冲着大荒耸了耸肩。

大荒突然转身，对着那一排天兵天将喊："嘿，你们这样很不礼貌。"天兵天将以及青衣众人都转头回望，波罗瞪大了双眼看着大荒。

大荒瞅了下波罗，耸了耸肩说："我师傅教的。"

波罗一脸困惑与不解，用手比划着，压低声音嘀咕道："我们只有两个人啊。"侧脸看到蜮，莫名地舒了口气，继续说，"噢，算你一个，咻，帅呆了。"

蜮将头转向一边哼道："我突然想回家了。"他俩说话间隙，只见大荒径直朝天兵天将走去。

波罗喊道："嘿，大荒。"大荒头也不回，似乎并没有听见。

应龙双拳紧握，咬牙切齿，缓缓说道："这里的事，闲人少管。"

大荒并没有停下的意思，天兵天将给大荒让开一条道，大荒径直朝青衣那边走去，青衣和精卫正盯着大荒看，大荒再次与青衣擦肩而过，走到青衣和应龙中间时便停了下来，看了看应龙，又转身看了看青衣以及后面的一排天兵天将。

大荒突然伸出一只手，似乎恍然大悟，边晃着手指，边晃着脑袋说道："难怪，你们果然在干见不得人的勾当。"大荒随即转身用手指着怒不可遏的应龙，"说的就是你，一群大老爷们欺负手无缚鸡之力的女子，算什么本事？"

波罗对蛾说道："嘿，我有种不太好的感觉。"

蛾说："他就这样！"

大荒拍着胸脯，继续说道："有本事冲我来啊？"

应龙的拳头已经攥紧，喉咙里似乎发出了吼声，青衣赶忙拽住萍水相逢的大荒。

青衣说："你疯了吗？"

大荒手一挥，说："姑娘，你别管，我平生最看不惯恃强凌弱了，你退后。"

只听应龙怒吼了一声，一阵狂烈的风冲着大荒他们突如其来，飞沙走石，天上阴云密布，电闪雷鸣，云从天边慢慢向中间聚拢来，众人站都站不稳，蛮蛮差点被吹飞，青色的那只拽着精卫的腿，红色的那只悬浮在空中张大了嘴尖叫着被青色的蛮蛮拽着。

大荒挪开挡住眼睛的一只手说："就你会？"只见大荒顶住迎面而来的狂风，闭目，缓缓屈膝抬手至胸前，双手回旋，迎着风吹来的方向，似乎要将迎面而来的风揽入怀中，手臂间多了一缕缕水墨气泡般的东西跟随晃动着。

只听大荒突然大喝一声："起！"之前那股迎面而来的风竟像是听了什么命令一样，"刷"的一下掉头转向，直接吹向应龙打在他的胸口，应龙始料不及，一个踉跄朝后退了几步摔倒在地，用手掩面。

大荒收手，风停，应龙起身，吐掉嘴里的一根草，双拳紧握，咬牙切齿。

应龙怒吼一声："上！"后面一排天兵天将听令，手执红缨枪，一窝蜂冲了上来，波罗、精卫他们一团混战，青衣正一动不动地盯着眼前的大荒，世界似乎静止了一般。

波罗紧张地尖叫着左躲右闪、前踢后踹，蜮正趴在他肩上帮忙报着敌人的方位，两人配合得很好。只听蜮"屁股、右面、脚跟……"一通喊叫，波罗手忙脚乱误打误撞地制敌。

精卫功夫很好，甩得一手好皮鞭，皮鞭平时像腰带般缚在腰间，没人能伤到她，蛮蛮被甩到一旁围观，见精卫一脚端一个的时候，两只蛮蛮击掌叫好。倒是有个士兵差点用红缨枪戳到青衣后背了，精卫大呼"青衣"，但青衣似乎没有听见，依然一动不动，精卫赶忙一个箭步飞越过去用皮鞭扣住并拽回了那个士兵。

大荒与应龙正四目相对对峙着。只见应龙怒吼一声，一跃而起，居高临下，双手张开，似乎要把大荒给吃掉。应龙四爪手掌心朝上，黑色的云气渐渐收拢在手心，天上也乌云密布，应龙大喝一声，两股黑色的气以势不可挡之势逼向大荒。

说时迟，那时快，大荒双拳紧握，交叉着挡在额头那儿，两股黑色的气正好交汇在一起撞在刑天给大荒的金圈上，大荒面容紧绷地撑着，双脚后蹬，但明显有点晃动，被那股黑色的气硬生生倒逼着后退了几步。大荒突然大吼一声，金圈交汇处竟然生发出了一股更强大的白色的气反射向应龙，愣是将应龙在空中撞击得后翻了好几圈才御气稳住。

很明显，应龙真正被惹怒了，他咆哮着变成了一条黑色的飞龙，乌云卷积，电闪雷鸣。

青衣赶忙推了下大荒："不好，快走！"

大荒正在看刚刚迸发出奇异力量的金圈，抬头看了看应龙那边，瞪大眼睛问："什么鬼？"

青衣干着急："你打不过他的，快走！"

大荒像是什么都没听见，说："姑娘，我没事，对了，你叫什么名字？"

青衣焦急地吐出两个字："青衣。"

大荒轻念："青衣……我叫大荒，我师傅起的名字。"

话还没说完，只见头顶斜上方刮来一阵阵强劲的黑风，应龙正在大家头顶呼啸盘旋着扇着翅膀，包括天兵天将在内的众人一片混乱，大家纷纷用手掩面。应龙用爪子趁势将大荒一把抓起，蜮、波罗等人惊呼。

青衣喊道："应龙，你有点过分了。"

青衣掌心向上，三朵雏棠树花瓣像陀螺一样在掌心上旋转着，只见青衣手一甩，三朵雏棠树花瓣像旋转的飞镖一样射向天上盘旋着的应龙，没有射中，与应龙的翅膀擦肩而过，青衣又射出三朵，被应龙的翅膀一扇给挡了回去。应龙呼啸盘旋着，大荒挣扎着但却动弹不得，转了好几圈，应龙突然松手将大荒狠狠地摔在地上，正好落在青衣身边，大荒蜷缩着痛苦得不可名状，身上被应龙的爪子抓出几条血印，青衣赶忙扶起大荒半倚着自己坐下。

青衣焦急地说："大荒，大荒……"

大荒缓缓睁开眼说："我没事，小心！"说完一把推开青衣，用右手上的金圈硬生生挡住了应龙自上而下射来的气，自己被震得打了好几个滚，口中还吐血。

青衣被大荒推倒在地，回望大荒时喊道："大荒。"波罗正赶到大荒身边。

波罗抱起大荒说："兄弟，兄弟，没死吧？不要吓我。"

蚩："小主人。"

大荒看了看波罗和蚩说："你看我像死了吗？"说完用手缓缓擦了下嘴角的血。

精卫防着两三个天兵天将说："谁都别乱动。"地上还躺着几个被打倒的天兵天将在呻吟着，蛮蛮正在一旁互相抱着瑟瑟发抖。

青衣从地上站起来，站稳，双手挪移着，一道淡淡的紫色的气像星云一样迅速在头顶展开，这正是姑姑传授给她的上古法术：盘古星云。

应龙的爪子触碰到盘古星云时立马缩了回去，跟触电一样，扇出的黑色的气也被如梦似幻的盘古星云悉数吸收。应龙惊叹："盘古星云！"只见应龙随即以闪电般的速度绕圈移动着，将天上的乌云收下来笼罩在盘古星云的上方，自己处于正中间将乌云往下压，双手与天上的闪电相连，颇有势均力敌之势。

盘古星云不断吸收消化着压过来的乌云，但乌云源源不断地从天上涌下来，从正中间应龙站的位置注入进来。青衣撑得有点吃力，抬头看，盘古星云上方乌云密布，根本看不清发生了什么。

应龙瞬间变幻成人形从侧面移动到盘古星云下面，也就是青衣的对面，冷笑道："比起你姑姑的修为，你还差了点。"说罢举起一只手，一道闪电射向青衣。

青衣还没反应过来，就被冲来的大荒一把推开，大荒奋力冲来时喊道："快闪！"

大荒被打飞，"啊"的一声跌落悬崖的另一侧，盘古星云缓缓消失，乌云笼罩着现场，青衣赶忙跃身跳下悬崖，蛮蛮见状也赶忙合体飞下悬崖去追青衣，精卫也赶忙变成一只白嘴红脚黑身的鸟追了下去。

青衣跳下去的时候大喊："大荒……"

精卫飞下去的时候喊道："姐姐……"

蛾也赶忙打个滚翻了下去，喊道："小主人……"

只剩波罗追到悬崖边趴着不敢动了，他朝下看时什么也看不清，底下似乎是万丈深渊，波罗大喊："喂！喂！"

待笼罩的乌云散了些，气急败坏的应龙和一群天兵天将缓缓将波罗围住，波罗躺着稍稍往后挪了一两步，又看了看身后的万丈深渊，哆嗦着说不出话。

Chapter 12

一望无际的湖面被朦胧的雾气笼罩着，青衣坐在比翼鸟身上，精卫也贴着湖面盘旋着，湖面一片宁静。

青衣焦急地喊着："大荒，大荒……"

青衣盘旋了好几圈，湖面没有任何反应。远处的湖面有一个小岛，青衣跟精卫决定先前往小岛看一下，顺带歇个脚。

青衣："精卫妹妹，前面有个岛，我们且去看看。"言罢贴着水面朝小岛方向飞去，精卫紧随其后。

小岛似镶嵌在一卷烟雨迷蒙的江南水墨画里，茂林修竹，世外桃源，青草坡紧依着湖畔，草坡上有几间简约清雅的木屋，湖畔有两位美若天仙的女子，容貌一模一样，均长发及腰，着一袭素纱白衣，其中一个席地而坐抚琴，另一个站在琴边凝望着湖面，似乎在等待着谁的到来。

精卫幻化成人形，蛮蛮载着青衣着陆，随后梳理起自己青红相间的羽毛。

青衣上前抱拳说："打扰二位，在下青衣，不知此地为何处？"

两位女子转身，其中一位笑意盈盈地说道："在下伊人，这位是我妹妹，此地名为女子国。"伊人妹妹双手及腰一侧，低身问候。

精卫环望了一下四周，不解地问："女子国就你们两个人？"

伊人瞬间与其妹妹合二为一，笑着说："有时候，一个人。"说完两个一模一样的人又分开。

青衣问："唐突之处还望二位海涵，不知你们可曾看见有人落入湖中？"

伊人转身望着湖面，用手一指，道："是那位吗？"

只见湖面尽头一个黑色的影子正缓缓朝这边移动，靠近了才发现，是一个老龟正驮着大荒游来。

老龟沙哑地说："快救救我的小主人。"

老龟上岸时立马变回很小的个头，它正是神龟蜮，虽说是龟，但出生至今一直生活在沙漠里，从没沾过水，这次着实呛得不轻，为了大荒它也是豁出去了。青衣直接涉水冲上去把大荒拽在自己肩膀的一侧欲扶其上岸，精卫也赶忙冲上去帮忙搭着另一侧，大荒面色苍白，气息微弱，任凭其他人怎么折腾都没有反应。

伊人看了看眼前垂着头的大荒，侧身对妹妹说："带他进屋。"

妹妹点头道："是，姐姐。"言罢径直朝木屋方向走去，青衣等人紧随。

Chapter 13

大荒正一丝不挂地躺在地板的草席上，双目紧闭，面色安详，头部正前方的铜盆里盛满了一盆清水，铜盆边上还有一个插花的青瓶，里面插了朵含苞待放的莲花。伊人跟妹妹一人坐在大荒身体一边，青衣盘腿坐在大荒的脚后跟那儿，其余人包括神龟蜮在内都在一旁围观。

只见伊人姐妹俩闭目，伊人轻抬右手，掌心渐渐靠向莲花，妹妹跟她的动作就像对着镜子一样，含苞待放的莲花渐渐盛开，伊人反掌轻轻一招，莲花瓣缓缓飞出笼罩在大荒身体上方。

伊人说："他的三魂七魄被打散，游离在三界，所有的魂魄最终都将变成一条鱼穿过弱水深渊在那里，它们将等待命运的安排。"

青衣问："那我该怎么做？"

伊人："他的魂魄因你而散，只有你们彼此能互相感应，我会送你抵达弱水深渊，但剩下的只能靠你自己了，你要找到属于他的那条鱼。记住，弱水深渊的光亮既是指引，更是诱惑，找到后你要带着他反向游入无尽的黑暗，不能回头，否则你们所有的记忆都会烟消云散。"

青衣："如何找到属于他的那条鱼？"

伊人："你觉得最特别的一条就是！"

青衣点头闭目，伊人伸出左手，其妹妹伸出右手，动作一模一样，从青衣的头顶抽出一股气安放在一瓣莲花上，这瓣莲花本搁置在大荒的额头上，伊人用右手勾起这瓣莲花让其与气结合。被一股轻柔的气裹挟着的莲花缓缓飘落在大荒头部的铜盆里，水波荡漾间，似一道水墨划开了一扇门，这瓣莲花随着伊人的念念有词进入了黑白的水墨幻象世界。

一瓣粉白色的莲花游荡于三界之内，东方、南方、西方、北方、天上、地下恐怖的场景纷纷闪过，直至突然"刷"的一下，周遭全黑了，莲花瓣变成了一条白里透红的鱼，远处似乎有一个发着悠悠亮光的白洞，果然如伊人所言。

Chapter 14

昆仑山大殿内火光通明，侍从均已退下，应龙正跪在大殿下负荆请罪，烈在大殿前来回踱步。

只见烈伸出右手，食指与中指夹紧，对着大殿一侧的火光勾了一下，袖子一挥，一束激烈的火苗像火蛇一下冲向跪在大殿下的应龙，说时迟那时快，火苗在应龙的额头正前方突然停下。

烈怒吼道："废物。"

应龙头也不抬，双拳握在头顶，说："您请息怒，卑职办事不力，罪该万死。"

烈："你确实罪该万死，但这又不全怪你，是我太低估青衣这丫头了，你起来吧。"说话间隙收回刚刚挥出的那条火蛇，一切如旧。

应龙起身道："谢主隆恩。"

烈双手放在身后背对着大殿，沉默了一会儿，说："四大霹雳听命。"

只见"刷"的四束光出现在应龙身边，四大霹雳均作揖不语，应龙吃了一惊侧脸看了一下四位威严气派的武将。他跟随烈多年，只听闻有霹雳一说，却从不曾见过长什么模样，原以为只有一两个，不曾想竟有四个，且均为人头兽身，好不威武，内心惊骇之情自不必言表。

烈冷冷地说："传令四方，缉拿青衣一干人等。"说完嘴角露出一丝冷笑。

四大霹雳齐声道："得令！"说完"刷"的一下消失不见。

应龙看了一下，犹豫道："这，恐怕……"

烈恶狠狠瞪了一眼，说："正邪我自有分寸，把你之前说的那个人带上来吧。"

应龙点头转身喊了句："带上来。"只见门外两个执长矛的士兵拽着双手被反缚住的波罗进了大殿，然后自行退下。

烈缓缓走下大殿，绕着波罗看了一圈。

应龙问道："已拷问过此人，确实不甚知情，不知您如何处置？"

波罗衣衫褴褛，刚被拷打过，惊慌失措地哭道："求求你，不要杀我，不要杀我……"

烈转身朝着波罗走来，盯着波罗冷笑道："我当然不会杀你。"

大殿外漆黑一片，夜已深。

Chapter 15

弱水深渊混沌一片，青衣此刻幻化成了白里透红的小鱼，只见远处有一个圆形的白点在隐约透着光亮，遂朝那边游去，想靠近些看看情况。青衣越游越近，白洞随水波晃动如梦似幻，她停了下来，那应该就是伊人所谓的光亮了。

正犹豫间，只见身后突然亮了起来，她转身的时候都惊呆了，因为她看见了一大片成群结队的发着淡淡白光近乎透明的小鱼正朝着自己游来，或者说，正受着光亮吸引朝那边游去。

她焦急地看着从身边游过去的一条又一条面无表情的鱼，又转身看着它们游进了光亮消失不见，左右窜动着，似乎有点不知所措。

她快急出了眼泪，定住了，近乎绝望，这么多相差无几的鱼里，哪一条才是叫大荒的那条啊？

突然，一条隐约透着紫色光亮的鱼跟其擦肩而过的瞬间吸引了她的所有注意力，在一群透着淡白色的鱼里，这条鱼竟是如此与众不同。而这条隐约透着紫色光亮的鱼在跟青衣擦肩而过的时候竟也在注视着她，此前其他鱼都对青衣视而不见。

他俩终究擦肩而过了，青衣愣了一会儿转身，看着那条紫色的鱼朝光亮游去，那条紫色的鱼竟也转身回眸了一下，凝视了青衣一会儿，然后继续转身随大部队缓缓前行。

青衣突然反应了过来，像海豚般尖叫了一声，一阵微弱的水波扩散开去，那条紫色的鱼听到停了下来并再次转身，但终于还是转头朝光亮游去。青衣又叫了一声，那条紫色的鱼又像是被什么力量吸引住停了下来盯着青衣一动不动，青衣赶忙游过去绕着他转圈，四目相对竟似有泪水，那条紫色的鱼比其他鱼多了种无法言语的生气，青衣坚信这便是她眼中最特别的一条。

他俩深情凝望着，互相转了好几圈，青衣顶了大荒两下，然后游在前面示意大荒跟她走，大荒犹豫着准备回头时，青衣赶忙游过来把他顶了回去，晃着身子让他不要回头，然后在前面带着大荒反向朝着无尽的黑暗游去，身边是一群擦肩而过的面无表情透着淡淡白光的鱼。

青衣他们拼命地游，已经远离了大部队，也离光亮越来越远了，青衣转身看了一下大荒，身后的白洞越来越小了，像自己之前刚进入弱水深渊时看到的那般，她不禁舒了口气，大荒正用一种带些怯懦但很可爱的眼神盯着她，周遭黑暗一片。

就在青衣转身准备继续前行的瞬间，她突然听到了身后一个很温柔很有磁性的母亲的声音喊道："我的孩子，回来吧，我的孩子啊……"

青衣顿感不妙，立马转身，发现大荒已经转过了身，盯着光亮的方向，她立马焦急地游过去想把大荒拽过来，说时迟那时快，一道白光以迅雷不及掩耳之势击中了大荒，只听大荒也像海豚般尖叫了一声，天下一片大白。

Chapter 16

小屋内烛火燃着，青衣"啊"的一声醒来回到现实世界，虚弱地倒在了精卫的怀里，之前漂浮在大荒上方的莲花瓣悉数飘落下来，大荒也皱着眉轻轻动了两下，但没睁眼。

精卫轻轻晃着青衣说："姐姐……"

蚁趴在大荒的脑袋边喊道："小主人，小主人……"

伊人起身道："他们都很累了，需要休息一下。"

天渐渐亮了，大荒睁眼时蚁正趴在头旁瞪眼看着他，吓得大荒"啊"的一声翻了个滚坐起身，用手摸了摸略有阵痛的头颅。

蛾："小主人，你已经睡了三天三夜了。"

大荒环顾四周，用手指着自己鼻子说："小主人？"

蛾往前爬了两步说："对啊，我是蛾。"

大荒："蛾？"

蛾点头道："对啊，看着师傅一把屎一把尿把你喂大的蛾。"

大荒困惑地说："一把屎一把尿？"

蛾晃了圈脑袋说："丫！那只是一个比方。"

大荒："我有师傅？"

蛾顿了顿，突然低下头掉泪说："曾经是的。"

大荒问："那我是谁？"

蛾："师傅说你叫大荒。"

大荒："师傅呢？"

蛾抹了把眼泪说："师傅走了。"

伊人跟妹妹突然走了进来，妹妹手里托着一盘茶放在桌上，伊人笑意盈盈地说："忘记有时候也不是坏事。"

大荒见有女人进来，赶忙埋头看了下自己并用双手捂住了一丝不挂的身体。

Chapter 17

远处的湖面依旧被一层薄雾笼罩，小岛似乎借此与世隔绝，安逸得很。大荒正坐在湖畔朝湖面扔石子，神龟蛾就趴在他身边。

大荒："待这边其实也挺好。"说完又朝湖里扔了块石子。蛾听大荒说话的时候感觉身后有人走来，遂转头看了下，伊人正缓缓走向湖畔。

伊人望着远方说："你不属于这里。"

大荒耸耸肩说："我好像什么都不记得了。"

几个人正盯着湖面兀自发呆时，突然发现一个身影正扑通扑通朝岸边游来，没错，是一个人，正抱着根木桩朝这边挥手大喊。

蛾甩了甩头定睛细看了一会儿，突然喊："丫！波罗！波罗！"

大荒皱了皱眉："波罗？"

一行人将波罗拽上岸，大家围坐在火炉旁，波罗正裹着床棉被瑟瑟发抖。

波罗看着大荒看了好一会儿，说："我以为你死了，那群家伙太可恶了！"随即把攥紧的拳头展开摸了摸身旁正抬头看着的神龟蜮说，"见到你真好，水里好吓人。"

蜮将脖子扭到一旁，说："别跟我提水。"

大荒把双臂放在面前上下打量了一番，盯着波罗问："我们之前认识吗？"

波罗一头雾水地看了看大荒，又看了看蜮，说："嗨，岂止是认识，简直熟得很，算起来都有千把岁了，用你们的话叫什么交情来着，就是打打杀杀那种，嘿——哈——"波罗边说边比划。

蜮瞥了波罗一眼，嘟囔道："生死之交。"

波罗拍着脑袋说："嗯，生死之交。对了，那群可恶的家伙好像要派人追杀青衣她们了，简直心狠手辣。"

伊人问："你从何得知？"

波罗说："我偷听到的。"

伊人又问："你又如何逃出？"

波罗耸耸肩说："他们打了我一顿，后来商量了一下，扑通一声，就把我扔下来了。"说完又打了个喷嚏。

波罗一把推开身上的棉被，晃着大荒的双肩焦急地说："青衣她们处境真的很危险。"

大荒问："青衣是谁？"

波罗很纳闷地看了看大荒，又看了看笑意盈盈的伊人，以及蹲在腿旁的蜮，只见蜮叹了口气摇了摇头。

伊人："看来你们应该要去同一个地方了。"

Chapter 18

漆黑的树林里，依稀看见月光射下来，前方一片相对稀疏的空地上有一个篱笆栅栏围着的小木屋，略显阴沉，蛛网横结，荒废日久。

波罗抬头看了看空地上的星空，说："星空真美。"

蜮趴在波罗肩膀上说："你想你爷爷了。"

波罗似喃喃自语："是啊！"

大荒一手举着火把，一手推开嘎吱嘎吱的木门，撩开蛛网，呛了口灰，咳嗽着说："你们说的，我闻所未闻，但一只乌龟竟然会说话，这么离谱的事我也是头一回碰到，所以，我还是选择相信你们说的。"

波罗紧随其后说道："你本来就该相信我们。"

蜮趴在波罗的肩膀上，扫视了一圈，房间里积满了灰尘，大荒正在床头附近插好火把。

大荒忙完拍拍手说道："一路向北不知还要走多久才能到羿的部落，真搞不懂一个女孩子四处乱窜什么，就为了一卷破'竹简'。"

蜮说："那不是一卷破'竹简'。"

大荒并没有搭话，轻身找了根木棍把门顶住，走到床边倒头就睡，嘀咕道："羿，不晓得又是什么怪家伙。"

大荒睡在里侧，波罗躺在外侧，两人背靠背，蜮夹在两人头部中间，听大荒嘀咕时瞥了大荒后脑勺一下，又转过头看了看波罗的后脑勺，波罗还没有睡着，他正盯着插在墙柱子上的火把发呆。

第四卷　羿之都城抗三界

　　九州四方的黑暗力量为争夺《五臧山经》对大荒一行人围追堵截，西方黑暗军团据比尸、南方黑暗军团穷奇、北方黑暗军团犬戎，以及东方蛮横部落凿齿，大军压境，羿之都城竟成了漩涡的中心……

Chapter 1

　　夜幕降临，一座巍峨宏伟的宫殿前有一大块青砖石板铺就的地面，很是开阔，一群将领和一群客人围成一个很大的圈，中间正架着柴火烤全羊，将领与客人相对席地而坐，每人面前都有低矮的桌案，一群士兵在后面举着火把，欢呼声此起彼伏，有人似乎正在内圈骑马。

　　呵，好不英俊！骑马者正是声名远扬的部落首领羿，只见其着一身红色短铠甲，头戴着天帝御赐的宝玉，身后挎着一把结实的弓，正在驯服一匹脾气有点烈的五彩斑斓的马。

羿所骑的马是林氏国进献的一匹千里马，大若虎，身有青黄赤白黑五色，尾巴亦像虎尾一样，比身体还长，仰天长啸时声音很有穿透力，此马名为驺吾，乘之可追风，日行千里。

驺吾前蹄跃起仰天长啸时发出的声波把一旁的侍从吓得退后好几步，而羿竟不为所动，双脚紧蹬，双腿紧夹，双手亦紧抓马缰。羿等驺吾消停一会儿时突然大喝一声："驾！"驺吾受惊一般风驰电掣地绕着内圈飞奔，士兵手里举着的火把因风晃动不止。

羿骑了两圈，准备跑第三圈时，只见对面一个侍从提了个鸟笼放出一只鸟，鸟扑腾一下就飞进了夜幕里，只依稀看得见一个黑影，羿弯下腰紧贴着马背，顺手从早已站在一旁的一位士兵手里捧着的箭袋里拽出一支箭，并顺势取下挎在后背上的弓，说时迟那时快，引弓搭箭，只听"嗖"的一声，那支箭便射向了夜空。

羿"吁"的一声拽住了疾行的马儿，在围着的士兵前停了下来，只见刚刚放鸟的那位侍从气喘吁吁地穿过队伍来到羿的面前。

侍从说："射中啦！"说着举起被刚刚那支箭射中的黑

鸟，全场欢呼。

骓吾似乎受了惊吓又抬起前蹄长啸，又似乎是在庆贺，羿稳住骓吾，说："箭无虚发，是对弓箭最起码的尊重。林氏国进献的这匹千里宝马骓吾甚得吾心，劳驾诸位回去代问老友安好。"

一位客人起身作揖，说："林氏国愿永远追随您，这是我们的荣幸。"

羿下马走到中间一个空着的位置，桌案上有一套酒具，但羿直接抓起身后侍从捧着的酒坛，大声说："好，干！"在场所有人欢呼叫好。

Chapter 2

波罗正盯着屋内的火把发呆，突然听见了几声狼嚎，发现火把的火焰猛烈地晃动了一下，也隐约听见屋外树林里有群鸦被惊扰飞起的声音，屋内破旧的场景让他有点瘆得慌，瑟瑟发抖缩成一团转个身转向大荒，蜮也缩着头睡着了。

波罗轻轻推了推大荒说："大荒，大荒，外面好像有东西。"

大荒不耐烦地用手甩开波罗的手说："别烦，睡觉。"

波罗转过身又定睛看了看屋子的门，起身走过去，把顶着门的木棍拿到一旁放在地上，推开门，走到门口朝外看了看，屋外安静得似乎连一根针掉地上都能听到，波罗没有发现一丁点的异常。于是纳闷地耸了耸肩转身，把门掩上准备顶上门。

就在波罗捡起木棍准备把门顶住时，门缝里突然伸进来一只干枯苍白的手，吓得波罗一个趔趄后退两步一屁股摔倒在地上，棍子也滚到了一边。

门被那只手推开了，只见一个折颈披发穿着白袍的人正颤巍巍地伸出仅有的一只手站在门口，波罗看不清对方的脸。

波罗紧张地捡起木棍问："你，你，你找谁？这个地方我们，我们也是刚找到的，你，你要是想住，那边，那边也能挤一挤。"波罗说着朝另一边摆满了乱七八糟水缸、竹筐的角落示意了一下。

对面那个人并不言语，抬头的瞬间差点没把波罗吓晕，只见其面容枯槁，脸型瘦削，脸上的水分似乎被吸干，黑眼眶深深地凹进去，苍白阴森的眼神，嘴巴正在咂动着，像是刚吃完什么，嘴边全是血。波罗张大了嘴巴、瞪大了双眼，只见对方冲着他张大了嘴巴哈了口气，发出了很恐怖的喘息声，并伸出仅有的一只手一瘸一拐缓缓朝波罗走来。

波罗瘫在地上朝后退了两步，攥紧了木棍紧张地说："你到底是谁？再来，再来我就不客气了啊！"说完发现门口又出现两个同样折颈披发只有一只手的人，一男一女，他们也正颤巍巍地往里面走，后面好像接二连三地有人跟过来，波罗并不知道，这便是将腐未腐，只有一口气尚存的据比尸，他们见到活的东西都要喝血吃肉。

波罗赶忙冲到床边，大喊："大荒，快醒醒！"大荒含糊地哼哼，并不搭理。

蜮伸出脑袋，突然说："小心！"

波罗赶忙转身回看了一下，发现一个据比尸伸出手快要搭到自己的肩膀了，正张开嘴似乎要咬自己，情急之下立马抡起木棍横向朝据比尸的头部打了过去，那个家伙的头似乎被打歪了，突然定住了，波罗正舒一口气，只见那个家伙的颈部"嘎吱"一声，又把头挪正了，而且张大了嘴沙哑地怒吼了一声，似乎被惹怒了，门外络绎不绝地进来一大波跟他很像的据比尸。

波罗把蜮放在自己肩头，跳到床上双手紧握木棍，说：

"快帮忙啊！"随即又朝刚刚那个被惹怒欲抓他的家伙狠狠抡了一棍子，把那个家伙撂倒在一旁，撞翻了木案上的一个破罐子，破罐子"咣当"一声摔碎在地，把大荒从睡梦中惊醒。

蜮朝最近几个家伙的影子射了几口沙子，火把让屋子里的影子在颤抖，但对方好像一点反应都没有，波罗跟蜮四目相对。

大荒定睛一看屋子里的场景，脱口而出："什么人？"

蜮晃了晃脑袋说："丫！不是人。"

波罗又抢起棍子撂倒两个，之前那个好像又动了准备从地上爬起来："那现在怎么办？"波罗气急败坏地问。

蜮："撤。"

大荒赶忙四下看了下，只有床边有个窗户，手忙脚乱地拽开木栓，说："你们先撤，我断后。"

波罗跟蜮先钻出去，大荒手里握紧木闩朝爬上床的一个据比尸狠狠抡了过去，对方愣了一下，木闩也断了，大荒看了看手里抓着的木柄也愣了一下，对方缓过来张嘴扑了上来，大荒立马把木柄塞进了对方的嘴里。

大荒说："不带你这样的。"然后转身欲从窗户钻出去，快钻出去时脚还被身后赶上来的两个据比尸拽住了，大荒上半身倒在窗外挣扎，波罗拼命把大荒拽出来。

身后的屋子里及屋前的密林里正源源不断地钻出刚刚那些折颈披发，只有一只手，走路还颤巍巍的据比尸，只有屋后的密林黑漆漆的，似乎还算安全。

大荒喊了声："快跑！"

一行人上气不接下气地跟跄着准备往黑漆漆的密林深处跑，波罗也把身上的挎包整顿了一下握紧了木棍跟着大荒，但他们还没跑两步，发现一大片穿着白袍的身影正颤巍巍地从黑漆漆的密林里出来。

波罗说："靠！"

大荒也怔住了，环顾了一下四周，他们好像被包围了，大荒发现破旧的屋后有个梯子，喊道："上屋。"

大荒自己立马带头冲了过去爬上屋顶，转身伸出手把波罗一把拽了上来，因为惯性，一张圈着的东西从波罗挎着的背包里掉了出来。

大荒顺手捡起来看了一下，也抬头看了看星空，他发现这张像羊皮卷的东西上画的正是星图，正上方是北斗七星，东方是七个星宿构成的苍龙，西方是七个星宿构成的白虎。

屋顶上方的夜空中能看见显眼的北斗七星，至于苍龙和白虎则不容易识别。

波罗立马夺了过去，也看了看说："这是我爷爷留给我的，他生前最爱的一样宝贝。"

大荒说："这是昆仑山丢失的《龙虎北斗星图》。"

波罗惊讶地问："你怎么知道它的名字？"

蝛嘀咕道："他的师傅，你见过，黑色胡须那位，专跟日月星辰打交道。还好，大荒好像还没完全失忆。"

大荒的注意力并没有停留在蝛和波罗那边，蝛说话的时候他缓缓抬起头看着头顶干净而璀璨的星空，今晚的星空是如此美丽，又是如此熟悉，大荒皱眉间似乎想起了什么。

Chapter 3

星空璀璨，时光仿佛当年，大荒隐约回忆起了一些场景，那时的他还只是一个小孩子。

大荒突然问："司影师傅，我爹娘是谁？他们怎么不来找我？"

司影沉默了一会儿，摸了摸大荒的头说："孩子，很多时候我们并不知道自己从哪里来，要到哪里去。"说完用另一只手指着星空说，"当你立于天地间，天下都是你的主场。好比这天上的星辰，你能感觉到它们的存在，就像它们也能感觉到你的存在一样。"

大荒顺着司影手指的方向望着星空，说："我还是不太明白。"

司影说："长大了你就慢慢懂了。"

大荒："那我什么时候能长大？"

司影："你慢慢懂的时候就长大了。"

仰望间，星空依旧是那片星空。

Chapter 4

大荒被波罗从回忆中晃醒，他感觉头有点隐隐作痛，屋子周围全是据比尸，他们都在底下抬头望着屋顶，并发出恐怖的沙哑声，有几个正顺着梯子往上爬，波罗手忙脚乱用棍子打下去好几个，但下面往上爬的络绎不绝，大荒正襟危坐看了看下面的场景，又抬头看了看星空，竟纹丝不动。

波罗边打边哭丧着说："我要回家，我要回家。"话音未落又有一大批据比尸争先恐后往上爬。

蝛说："出息！推梯子。"

波罗："没梯子我们怎么下去？"

蜮："我们还要下去吗？"

波罗耸了耸肩表示默认，赶忙把梯子推倒。

屋内的一群据比尸低沉地怒吼着，正颤巍巍地朝窗户边涌去，其中有一个女据比尸撞翻了火把，燃着了木头家具等可燃之物，前面一个老一点的男据比尸转身冲着这个女据比尸怒吼了一声，女据比尸停滞不前、哆嗦不语。

波罗刚在屋顶上站稳拍了拍手舒了口气，发现屋顶另一侧有火焰蹿了上来，底下躁动的据比尸也迅速远离火源。

波罗皱着眉说："完了，这下真完了！"说完焦急地转圈看了看四周，也抬头看了看天，此刻只有天空是如此令人向往。

大荒突然说："把星图给我。"

波罗回过头望了一下大荒，没反应过来，困惑地说："啊？"

大荒微笑着起身，看着波罗说："宝贝借我用一下。"

波罗赶忙从背袋里掏出那卷《龙虎北斗星图》交给大荒，嘴里还嘀咕："好吧。"说完急躁地转圈，情势愈加危急。

波罗接过星图缓缓打开，抬头仰望星空，看了看显眼的北斗七星，又看了看星空稀疏难辨的西方，最终把视线停留在了星空璀璨的东方。大荒盯着东方看了好一会儿，终于在茫茫星辰里分辨出了由"角亢氐房心尾箕"七个星宿构成的苍龙，然后缓缓闭上眼，嘴里念念有词：

　　角亢氐房心尾箕，
　　分分合合未曾离。
　　我欲乘之随风去，
　　东方苍龙归来兮。
　　东方苍龙归来兮，
　　此刻不归待何时？

波罗和蜮顺着东方的星空看去，发现天空竟然有七个明亮的青绿色点正连成一条苍龙，像是之前镶嵌在天幕上，而此刻要从中剥离一般，事实是这条苍龙真的从天而降，朝他们的屋顶方向飞来，波罗和蜮都"啊"的一声张大了嘴，瞪大了双眼直勾勾地看着苍龙越飞越近。

Chapter 5

草地上一团篝火燃烧着，可以看见远山蜿蜒朦胧的影子，青衣与精卫坐着相依休憩，精卫昏昏欲睡，青衣仍然望着星空发呆，蛮蛮也解体依偎着靠在篝火边，他们都困乏了。

精卫问："羿果真如天帝所言那般万人敬仰吗？"

青衣笑道："姐姐何时骗过你？"

精卫："他只是一个凡人啊，我们该去找仙家才是。"

青衣莞尔一笑："真正的力量是不分三界的。"

精卫突然正襟危坐，用手托着两腮仰望星空，似喃喃自语："那一定有很多女子喜欢他吧？"

青衣突然看到了东方的苍穹里出现了一条龙，这条龙像夜色里远山的影子蜿蜒着划过头顶，朝西方飞去。青衣摇醒精卫说："精卫妹妹，快看。"

精卫从发呆中醒来，顺着青衣手指的方向，说："东方苍龙。"

青衣起身望着苍龙飞去的方向说："苍龙下界，肯定出事了。"

精卫也起身，搂着青衣的袖子说："姐姐，我们赶路要紧，莫节外生枝。"

青衣拂袖甩开精卫道："花鸟虫鱼皆有性命，我不能坐视不管，你在这歇息，我去去就来。"

精卫说："姐姐……"蛮蛮此时也被她俩的对话吵醒，正齐刷刷睁眼看着她们。

青衣喊了声："蛮蛮，走！"两只蛮蛮立马相视点头、合体变为一只青红参半的比翼鸟腾飞盘旋载着青衣追向苍龙的方向。

精卫跺着脚喊："姐姐！"随即也变幻成一只白嘴黑身红脚鸟紧随其后。

Chapter 6

苍龙如其名，通体青绿色，由远及近蜿蜒着冲着屋顶飞来，及至屋顶时绕着屋子盘旋了一圈，以不可挡之势用龙尾将围在底下的据比尸横扫出老远，随即又盘旋着飞升至屋顶的高度。

房梁开始塌陷，波罗紧张地大呼小叫起来，蛾也紧紧趴在波罗的肩头跟着紧张地叫起来。

大荒猛地推了波罗一把，说："上！"正好把他推到了经过的龙背上，苍龙依然在绕着屋子盘旋着，波罗手忙脚乱地骑好并用双手抓住龙角，他之前那一侧房屋立马塌陷，大荒赶忙后撤了几步，苍龙长啸了一声盘旋了好几圈至高处，波罗和蝛张大了嘴巴"啊"地尖叫不止。

蝛在苍龙盘旋至高处时没抓稳波罗的肩膀，被甩了出去，正好甩向大荒所在的房顶的方向。

火势蔓延，房屋在大荒推开波罗的那一刻瞬间全部坍塌，周围的据比尸又围攻了上来，大荒很紧张地环顾了一下四周，一群据比尸野蛮地穿过火光就快抓住他了，而大荒被身边的火熏得够呛，弯着腰一手捂着鼻子，一手挥挡着，根本无暇顾及其他。

说时迟那时快，就在大荒被一群据比尸围着并快被抓到的瞬间，好几朵雏棠树花瓣像闪电一样射过来，每个据比尸头顶的百会穴都被射中一枚雏棠树花瓣，瞬间僵住不动。坐着比翼鸟赶来的青衣掠过，一把拽住了大荒，大荒也借力一跃而起翻了个身坐在了青衣的身后，比翼鸟长啸一声飞向天空。

蝛正"啊"地尖叫着，原以为坠地完了，不曾想突然被精卫幻化成的白嘴黑身红脚鸟飞过来托住，又飞向了天空。

蛾说："丫！谢谢！"

底下的据比尸均抬头转身，看着一行人飞去，中间那一圈依然僵住一动不动。

青衣乘坐着比翼鸟飞在最前面带队，苍龙盘旋着紧随其后，精卫也随后跟上来，与苍龙并排。他们飞得很高，手可摘星辰，星星像萤火虫一样轻柔，如梦似幻，夜空竟距离自己如此之近。

蛾朝天仰着伸出头望着波罗说："丫头哎！我刚以为自己就那么死了。"说完翻了个身趴好看着正前方。

波罗看着蛾大声说："我有时候真的很好奇你的梦中情人有多美。太美了，啊——"说完最后朝正前方仰天长啸了一声。

蛾看着星空喃喃自语："美到星辰黯淡无光……"

大荒和青衣正坐在比翼鸟上朝前飞去，日夜兼程。

穿行在浩瀚星辰里，比翼鸟长啸一声，奋力飞行，飞得很快，但很稳，青衣坐在前面衣袂飘飘，头发也吹到了大荒的脸上，大荒暗暗地把头侧到一边，正盯着美轮美奂的星空发呆。

青衣最先打破沉默："好久不见。"

大荒支支吾吾，带一丝犹豫："额，好久不见。"

青衣说："那些是西方的据比尸，将腐未腐，尚有一丝人气，头顶的百会穴是他们唯一的弱点。"

大荒转过头问："难怪。"

青衣："没伤到你吧？"

大荒："还好。"

青衣："那就好。"

大荒："这些家伙为何出现在此？"

青衣想了一下说："可能是受了什么蛊惑吧。"

大荒："那我们现在去哪？"

青衣说："送你们去一个安全的地方。"

大荒："姑娘救命之恩，大荒没齿难忘，随便找个地方把我们放下来吧，我还要赶着救人呢。"

青衣问："救谁？"

大荒："我朋友说她叫青衣，我朋友还说我跟她也是朋友，后来又有个朋友……算了，不说了，越说越乱，估计你也不认识。"

青衣微微把头侧回去看了一下正在发呆的大荒，暗自发笑，说："坐稳了。"

青衣转过头看着正前方，笑而不语，比翼鸟像是知道青衣的心思，突然扑腾一下，大荒因为惯性一下子用手搂住了青衣的腰，青衣用手轻轻地按着大荒的双手，大荒竟然不知所措。

青衣说："我知道你的朋友在哪，我们要去的是同一个地方。"

波罗还在激动不已地叫着，一行人越飞越远，连同声音消失在璀璨的夜空里。

Chapter 7

羿的大殿内金碧辉煌，灯火通明，羿正双拳紧握端坐在正中央，看着底下的青衣一行人等。

波罗看了看青衣他们，耸了耸肩说："世界好小。"

精卫瞥了波罗一眼说："你已经啰嗦一路了。"说完盯着前方的羿出神，她觉着眼前的这个男人确实威风凛凛，有种说不出的魅力。

蛾趴在波罗肩头，也瞥了波罗一眼说："我也这么觉得。"

青衣看了看坐在大殿上的羿，侧了半边身子，右手朝空中一甩，一道薄如蝉翼的椭圆形紫色投影出现在大殿内，众人皆将视线聚焦在投影上。

投影上快速闪过的影像是关于烈和他的兄弟于雒棠树上炙杀神女欲夺取《五臧山经》的经过，还有应龙在悬崖顶欲堵截青衣二人的场景。

大荒突然指着影像说：“那个好像是你，还有你、你，那个掉悬崖的看着也好眼熟。”边说边把身边的几个人挨个指了一遍。

波罗瞥了大荒一眼，晃了晃脑袋说：“唉。”

大荒盯着青衣愣了一会儿，缓缓地说：“青衣……”青衣听到大荒念她名字时转头看着他莞尔一笑点头示意。

羿突然狠狠地捶了一下面前的桌案，大荒惊了一下，只见羿起身道：“岂有此理，可恶至极，当初我在昆仑山就感觉烈不是什么正人君子，不曾想竟有如此野心。”

青衣转身看着羿道：“《五臧山经》万不能落入贼人之手，烈已篡权执掌昆仑，天下皆听命于他，恐我们寡不敌众。”

羿走下台阶，看了看大荒，又走到青衣面前说道：“得道多助，失道寡助。青衣姑娘不必过于焦虑。"

羿转身走了几步，喊道："来人。"

一位手执长矛的士兵进来作揖，只见羿转身，食指与中指并拢朝门外一指，镇定地说："速去成都载天山请夸父前来共商大计，另，传令东南西北四方城门严加把守。"

士兵拱手点头道："得令。"随即转身离开。

波罗拽着大荒的臂膀晃了晃，以一种羡慕的口吻说："哇喔，好有男子汉气概啊。"

大荒瞥了一下波罗，说道："出息！"

羿看着青衣说："你们日夜兼程，想必人困马乏了，早点休息吧。"

青衣看着羿微微笑道："羿，谢谢你！"

羿笑着说："这已经不是我一个人的事了。"

精卫不无崇拜，略带羞涩地说："你，你就是羿？"

羿笑道："是啊，你就是暴脾气出了名的精卫吧？"

精卫面若桃花，侧身轻轻拽了拽青衣的衣袖，嘀咕："姐姐……"青衣笑而不语。

门外一个侍从正鬼鬼祟祟躲在窗户那儿偷听着，听完似乎琢磨了一会儿，然后赶忙蹑手蹑脚转身离开。

Chapter 8

休憩处后院有一个用竹席围着的茅厕，茅厕没有顶，抬头便可以看见星空。波罗偷偷摸摸地把一个卷好的小东西塞在了一只白鸟的腿上，然后蹲在茅厕里把白鸟扔向头顶，白鸟扑腾着飞走。

波罗推开房门的时候闻了闻自己的衣服看看有没有什么异味，他和大荒合住一间干净的偏房，窗明几净，桌上燃着油灯，大荒已睡下，神龟蜮在一旁的床头柜上正趴在一根竖着的筷子上也睡着了。

大荒突然梦醒，坐起来喊道："青衣！"

吓得蜮"啪"的一下从筷子上掉下来，蜮甩了甩脑袋，大梦初醒地喊："丫！在哪？"

波罗也吓了一跳，情不自禁叹了口气。蜮看着又倒下去睡着的大荒嘀咕了一句："不错，还能记起一个名字。"又转过头看了看窗边的波罗，说，"晚安，波罗。"说完就缩起头趴在桌上睡觉了。

波罗耸了耸肩，默默地说："晚安，我的伙计。"

波罗趴在窗户边抬头看着窗外璀璨的夜空，把手里的

《龙虎北斗星图》翻来覆去打量了一遍又一遍，学着大荒的样子闭眼"叽里咕噜"了一段，又看了看夜空，似乎一点反应也没有，遂盯着手中的星图兀自发呆。

Chapter 9

精卫关窗户的时候，正好瞥见窗外有一只白鸟飞过，飞进了夜幕里，她因此多看了一眼星空。

精卫转身说："姐姐喜欢大荒？"

青衣侧脸说："哪里的话？"

精卫笑着说："姐姐就别唬我了。"

青衣坐在床边，拽着精卫的手说："我也说不上是一种怎样的感觉，只觉得他身上有一种很特别的力量。"

精卫走过来给睡在床尾的两只相依相偎的蛮蛮盖好了被子，说："他连自己是谁都忘记了。"

青衣低头说："怨我……"

精卫坐到青衣身边搂着青衣，说："姐姐不要自责了，早些歇息吧，一切都是最好的安排。"

青衣含情脉脉地看了看精卫，点头道："嗯。"

只见青衣说完起身，轻抬手臂，一只手放在桌案上的油灯后面，弯腰轻轻吹了口气，油灯灭了，清冷的月光射进窗户，世界瞬间安静了下来。

Chapter 10

羿都城的晨曦很热闹，或者说，很多彩多姿，因为道旁摆满了卖五颜六色鲜花的摊子，不少行人的头上也插着鲜花，加上提着篮子卖早点的和各类摆摊的人群，都城里充斥着各色吆喝声，听来别有一番味道。羿陪同大荒、青衣等人穿行在熙熙攘攘的人群里。精卫和波罗等人好奇地东张西望着，还不失机会用鼻子凑到花上去使劲闻了闻。

青衣问："为何如此多的花？"

羿笑道："二月十二花朝节，百花绽放的日子。"

青衣点头："难怪。"

羿拿过身边一位卖花的老奶奶篮子里的一束紫色的花递给青衣，说："喏，这颜色跟你很搭。"羿的一个随从赶忙付钱。

青衣略带羞涩地接过，说："谢谢。"

羿说："我希望有一天，天下不再有战争与杀戮，人与人都能相亲相爱，就像这样，充满阳光，充满鲜花。"

青衣说："这是所有人的希望。"

青衣说完把那束花塞给了精卫，精卫又随即塞给了大荒，大荒埋头看了看花，又抬头看了看青衣，把花又塞给了波罗，波罗一个人站在路上瞅着花发呆，也看了看趴在肩头的虺，随即把花又送给路边街摊上一个正在吃饼的肥头大耳、憨态可掬的壮汉。

波罗说："你可以的。"说完拍了拍壮汉的肩膀，随即赶忙挤着人群追大荒他们，壮汉嘴里塞着半个饼僵住抬头看着波罗，哑然失声痛哭。

天空湛蓝，阳光明媚，城楼上飘着写有"羿"字的红色旌旗，每间隔一小段距离即站着一位手持长矛、神色庄严的哨兵，城墙外是一片开阔的空地。

羿挎着弓矢，走在最前面抚摸着城墙砖说："很多年前我有一个梦想，就是大口吃肉，大口喝酒，跟相爱的人仗剑走天涯。后来我发现，天下根本没有涯。"

大荒问："那你所爱的人呢？"

羿转身一动不动地看着大荒，沉默了一会儿突然走上前搂着大荒的肩膀走到另一边的城墙，指着城墙内熙熙攘攘的人，说："那就是！"

波罗凑上来东张西望道："哪一个？"

羿随即一个人又走到最前面，背对着所有人说："你不在，我在哪都是浪迹天涯。后来我也不再用剑，或者说，用了另外一种箭。"说后半段时又转身看着青衣。

青衣笑道："天下无人不知你箭无虚发。"

羿耸耸肩苦笑了一下，说："手熟罢了。"

突然警戒的长号在城墙上吹了起来，一个士兵从后面赶来单膝跪在羿的面前喊道："报——，凿齿部落不知为何正来势汹汹率队赶来。"

精卫困惑地问："凿齿？"

羿笑道："东方一个野蛮部落的首领，全城戒严！"说完径直穿过青衣一行人等，也从单膝跪地的士兵身边大步走过。

士兵听完立马说："遵命。"并随即起身紧跟着羿。

Chapter 11

大荒、青衣、波罗、精卫等人都在城楼上看着下面，蚁趴在波罗的肩头张望了一下左右，城楼上站满了严阵以待的弓箭手，均拈弓搭箭，一触即发，下面的空地上尘土飞扬，远方有一大群被尘土掩住看不清面容的人似乎正骑着马朝这边赶来，羿正带着三队弓箭手站在空地上等着前来的不速之客。

尘埃渐定，一位体型硕大、面相丑陋之人缓缓骑着似马非马的坐骑朝羿面前的空地上晃过来，待其从坐骑上跳下来，众人见其一手持盾牌，一手执长戈，能看见两颗明显的虎牙。凿齿的身高差不多有两个羿那么高，体型更是虎背熊腰，尽显野蛮，腰间裹着虎皮，肩背上斜勒着皮革样的装束。

凿齿用浑厚的嗓音说："老朋友好久不见。"

羿冷笑道："确实好久不见。"

凿齿挥舞了一下长戈，笑道："我很欣赏你一如既往的骄傲。"

羿："不知前来所为何事？我还有客人在，恐怕要失陪。"

凿齿又挥了挥长戈，向前走了两步笑道："我不算你的客人吗？"

羿回望了一下身后，转过身说："恐怕这里没有人欢迎你。"身后的弓箭手都怒目注视着凿齿及其身后一群骑在马上的个头跟正常人差不多但依然丑陋无比的家伙，他们都跟凿齿一样一手持盾牌，一手执长戈。

凿齿笑道："你总不会让我空手回去吧？"

羿说："你要什么？"

凿齿说："一个小东西而已，听说就在你朋友手里，我从不曾对这类东西如此痴迷。"

羿伸出一只手说："它自然该跟主人走，可能要让你失望了，请回吧。"

凿齿伸出长戈，怒吼道："敬酒不吃，吃罚酒！"

羿收手握拳，冷笑道："那我就尝尝你的罚酒吧。"

羿说完就朝凿齿飞奔过去，凿齿也拖着长戈朝羿飞奔过来，尘土飞扬，擂鼓喧天。凿齿块头太大，长戈拖拽在地上朝羿怒吼而来，羿也向前冲了上去，两人快接近时，只见凿齿怒吼着将拖拽的长戈横扫着挥向羿，羿猛地弯腰避开从头顶扫过的长戈，随即以惊人的速度"刷"的一下转到凿齿身后，凌空飞起转了个圈，狠狠朝凿齿的后脑勺打了一拳。

羿与凿齿在城墙底下好一番鏖战，城墙上的大荒、青衣等人正看得入神。

波罗看凿齿被狠狠打了一拳时情不自禁兴奋地握拳用

母语来了句："好！"神龟蝛趴在他肩膀上突然颠簸一下差点掉下去，大家都好奇地看着波罗。波罗愣了一下解释说："就是很棒的意思。"大家又把注意力转向城墙下面的战场。

只有蝛还在盯着波罗看。波罗盯着蝛问："是不是很棒？"

蝛转头看着城墙下面说："好戏才刚刚开始。"

凿齿被打得吐了口口水，踉跄着转身，挥舞着长戈朝羿扫过来，羿一个侧身空翻从长戈上躲过，随即顺势抓住凿齿的手臂，羿站稳脚跟抬起一条腿，用膝盖狠狠地撞在了凿齿的胳膊肘上，"嘎吱"一声，凿齿疼痛难忍，手中的长戈也掉在了地上，因为惯性跌倒在前。

待其再次站起来，羿说："其实你有更好的选择，在我没后悔之前。"

凿齿咬牙切齿一句话都不说，手持盾牌冲着羿走来，速度比之前慢了好多，但也稳了不少，他把盾牌劈头盖脸朝羿砸下来时，羿一拳顶上去，勉强撑住，身子都快被压到泥土里了。于是，羿用另一只手艰难地撑着地面，两人就这样抗衡着。

青衣看得皱了一下眉头，大荒看了看青衣的侧脸，他发现青衣无论从哪个角度看过去都很好看，有时连他自己都觉得莫名其妙，似乎他的眼里只有青衣一个人，似乎世界与他无关。

此刻波罗正紧张地双手交叉抱在自己的胸前，精卫焦急地抽出腰间的鞭子准备往前走，被青衣拽住。

只见羿咬紧牙关，两臂青筋暴露，凿齿又狠狠地往下按了一下，羿撑在地上的那只手已经陷进泥土里了。

突然，羿侧身朝着凿齿双膝的位置猛地横扫了一腿，凿齿没防备，撑着盾牌跪在地上，羿趁势打了个滚起身站在一旁用嘴吹着拳头，拳头隐隐作痛。

羿边吹边揉，说："该死，比墙砖还硬！"揉到痛处倒吸了一口凉气。

凿齿随即又挥舞着盾牌赶来，羿这次不再与盾牌正面对抗，而是以移步幻影的速度躲闪，并趁机对凿齿拳打脚踢，凿齿俨然已经乱套，疲于应付了，慌乱间更加狂怒没有章法。

终于，羿逮着机会从凿齿正面踩过其头顶，翻到其后背，双手发力拽着凿齿，将其狠狠地后空翻抢在地上，

"轰"的一声把地上砸出一个坑，尘土飞扬，盾牌丢在了一旁，两边的士兵随从皆蠢蠢欲动，但是没有谁敢贸然行动。

Chapter 12

羿转身冲着城墙上的青衣等人做了个胜利的手势，青衣微微一笑。

波罗继续激动地握拳猛击自己胸脯，说："漂亮！"

大荒看着那块盾牌，举起双臂看了看手腕上的两个金圈发呆，又看了看盾牌，好像想起了什么。大荒的脑海里闪过了破碎零散的关于刑天抓住他师傅拷问的记忆，刑天手里拿的也是类似的盾牌，大荒皱紧了眉头想努力回忆起来，但并没能如愿，记忆的影像断电般地戛然而止，他连手持盾牌的刑天长什么样都想不起来。

大荒痛苦地"啊"了一声用双手抓紧了自己的脑袋。

青衣赶忙搂着大荒，问："大荒，怎么啦？"

波罗也转身拍了拍大荒的后背，问："兄弟？"

蚨也说："小主人。"

大荒缓缓抬起头说："没事，可能昨晚没睡好。"

波罗嘀咕一句："你昨晚都叫了七八次青衣的名字了，

没睡好的是我好不好。"

蝛问："有吗？"

波罗："肯定超过六次。"

青衣听完脸红着松开手，竟不知所措。

精卫突然在一旁喊道："小心！"

大家将视线又移到了城墙下，只见凿齿缓缓地从坑里爬起来，张开嘴仰天长啸一声，双手顺势拽了一下之前略显突兀的两颗虎牙，虎牙竟像是两把圆月弯刀，被拉出了半米左右，凿齿现在像极了大象，他随即伏地，双手似乎变成了前爪，像一头野兽般朝羿扑过来。

羿躲闪不及，被压在地上，拽着象牙样的牙齿奋力顶住，之前身后挎着的弓矢也被撞翻到一旁。凿齿的那两颗牙齿已经快顶到羿的脖子了，羿猛地用力将凿齿甩到一旁，迅速起身准备捡起遗落的弓箭，还没站稳就发现自己被从身后赶来的凿齿紧紧地抱住了，自己的头正好夹在两颗巨大的牙齿之间，羿奋力挣扎，脖子被卡住动弹不得，两人在地上打滚相持不下。

羿的脸被巨大的牙齿和凿齿的手勒得通红，眼看着就快伸出一只手够到箭袋里的箭了，又忽然被凿齿转向另一边。

凿齿伸出一只手抓住自己的一根巨大的牙齿，牙齿竟然可以拧动，凿齿顺手将拧下来的牙齿对准羿，准备将其刺入羿的喉咙。

说时迟那时快，凿齿刚准备刺入的瞬间，一枚雒棠树花瓣像飞镖一样射在了凿齿的手上，疼得凿齿已顾不到其他，羿顺势打个滚并接过凿齿手里掉下的那把像圆月弯刀的牙齿，起身瞬间转身用力将其甩向了凿齿的喉咙，只见牙齿飞速旋转着不偏不倚正好刺进凿齿的喉咙。"以其人之道，还治其人之身。"大抵如此吧。

刚站起来的凿齿"啊"地用手紧抓着插在喉咙里的牙齿，垂死挣扎间拧下另一颗牙齿准备甩向羿，又一枚雒棠树花瓣射向凿齿刚举起来准备发力的那只手，牙齿从凿齿手间掉落，凿齿也"啊"的一声轰然倒地。

青衣从凿齿身后缓缓着地，冷冷地说："你原本确实有更好的选择。"

羿捡起落在地上的弓箭和箭袋，整理好行装说："你，根本不配我浪费一支箭。"

羿随即转身对青衣说，"谢谢！"青衣莞尔一笑。

一阵狂风吹过骚动的双方阵营，凿齿那边的士兵因为群龙无首均在马背上躁动着，羿这边的所有弓箭手也都精神抖擞准备应战，双方正在僵持犹豫着，一触即发。

凿齿部落一个头领骑在马上高举着长戈喊道："为大王报仇！"

话音未落，只见一根桃木杖横向飞旋着正好将他打晕落马，凿齿部队随即被一个大块头怒吼着从中间撞开一条通道，马儿惊慌嘶叫着，只见这位不速之客以风驰电掣的速度追上刚刚甩出去的那根颇为古老的桃木杖，抓紧，站稳，转身。

此人正是名震天下的，居于成都载天山的部落首领，夸父。只见其体型跟凿齿一般高大，披头散发，方形脸上蓄着一把黑硬如钢针的胡子，声如雷鸣，赤着双脚，袒胸露乳，腰间和手腕间裹着黑色的铠甲装束，一手持着跟身高差不多长的桃木杖，一手抓着一条青蛇，桃木杖上面也雕刻着一条栩栩如生的蛇。

夸父望着凿齿的残部，用桃木杖击地，一阵轻微的冲击波迅速散开，大家都身不由己地震颤了一下，凿齿残部拽着嘶叫躁动的马。

夸父如雷鸣般洪亮的声音响起，厉声喝道："识相的快滚！"凿齿残部面面相觑，慌乱掉头，手忙脚乱拽起刚刚落马的那个人，消失在四起的尘烟里。

Chapter 13

大漠孤烟直，长河落日圆，好一幅美轮美奂的塞外景象，站在落日余晖下的城墙上可以眺望西边一望无际的沙漠，视野很是开阔。

大荒和波罗都换上了一身铠甲，两人正手执长矛走向哨楼。波罗摘下缀着红缨的帽子，嘀咕道："这倒好，把我们支开，守西边的城门，自己往屋子里一躲。喂，大荒，你倒是说句话啊。"

大荒正站在石洞的窗口前发呆，夕阳打在大荒身上，大荒头也不回地说："你已经说了一路了。"

波罗忙着脱铠甲，说："你以前不是这样的呀。"

大荒问："我以前哪样？"

波罗耸了耸肩转身说："至少不是这样。"

大荒没有搭话，而是透过哨楼的石洞继续盯着落日发呆，他俩被指派负责守卫西城门。

Chapter 14

大殿内灯火通明，外面天已黑了，羿、青衣、精卫、夸父正站在大殿下，羿正转身望着大殿中央，背执双手朝前走了几步。

夸父用桃木杖击地怒说道："荒谬，竟有此等事！"

青衣道："他在逆天而行。"

羿转身看着夸父说："所以这趟请老朋友来是想商讨一个万全之策，如果出现最糟糕的状况，为之奈何，我是说如果。"

精卫愤愤不平地说："跟他们拼了。"

青衣拽了拽激动的精卫，说："精卫妹妹……"

夸父说："《五臧山经》的主人到底是谁？"说着的时候转身看着一旁的青衣。

青衣摇头道："没有人知道，因为《五臧山经》，已经连累身边太多人了，我也不知如何是好。"

羿说："现在不是说这种话的时候。"

青衣转身一个人走向大门那儿，突然停下，头也不回地说："谢谢你们，但愿烈还不知道只有《五臧山经》真正的主人才有资格执掌昆仑。"

Chapter 15

月光洒进哨楼的石洞，洒在大荒穿着铠甲的身上，他依然一动不动地站着，波罗一手拿着一碟油灯，另一只手里正拿着一根茅草站在大荒边上挑逗大荒的鼻子，大荒的头动都不动一下，只是用手轻轻推了一下茅草。

大荒说："别闹。"

波罗说："你准备站到天亮？"

大荒："你先睡。"

波罗转身，边走边晃着脑袋说："男人，女人，哪一桩都是事。"

波罗还没说完，只听石洞那边"扑腾"一声，一只青红相间的小鸟停在石洞口，唧唧地朝身后甩甩头示意大荒跟它走，嘴里还衔了张小条样的东西。

波罗听到动静冲上来说："这不是青衣坐的那只鸟嘛，咋突然这么小？"

大荒取下小条样的东西，慢慢展开，波罗拿着油灯凑上来，上有隽秀的几个字"后花园"。

大荒看完又看了看比翼鸟，比翼鸟依然在甩着头扑腾着翅膀示意大荒跟它走。大荒愣了一下赶忙冲了出去，沿着城墙奔跑的时候，比翼鸟挥着翅膀从城墙的另一侧飞上来，瞬间变大，刚准备飞过城墙进入城内，大荒看着比翼鸟的方向，一个箭步用手撑了一下跃上城墙，起身跳到了比翼鸟身上，比翼鸟下落了一小段高度，消失在波罗的视野里，又突然叫了两声由低至高升空飞向远方。

大荒的声音从夜空里传来，说："等我回来。"

波罗追赶不及，边跑边喊大荒的名字："大荒，等等我，大荒……"但终没追上，手里的油灯也灭了，正冒着袅袅青烟。

月光下的城墙及城墙外的沙漠安静极了，像是沉睡了一般，波罗扫视了一下，又看了看冒着青烟的油灯，打了个寒战，一个人转身走向哨楼。

后花园是羿都城最美的地方，至少二月十二花朝节的时候肯定是最美的，月光如牛奶安静地浸润着一眼望不到头的花园，夜里的花虽如薄纱笼罩般朦胧，但仍能感觉到它们的精致。大荒走来的时候青衣正背对着他，看着月色下的一片花海，大荒缓缓走到青衣的身边停下，也望着月色下的一片花海。

青衣说："姑姑以前常说,有人的地方就有是非,倒不如一个人找个地方安安静静地待着。"

大荒说："那岂不成仙了?"

青衣笑着说："所以我有时候想啊,做一个像天下千千万万的凡人多好,一家子很温暖地围着一张桌子吃饭,男耕女织,日出而作,日落而息,每一天都是崭新的。"

大荒看了一下青衣的侧脸说："是啊。"

青衣看了看大荒说："你知道跟父母在一起吃饭的那种感觉吗?"

大荒看着月色和星空摇了摇头说："我不知道,他们说我是师傅带大的,你呢?"

青衣顿了顿说："我也不知道。"彼此沉默不语。

青衣打破沉默说："你有喜欢过一个人吗?"大荒摇头不语。

青衣突然往前走了几步,转身伸出一手笑着说："陪我跳支舞吧?"青衣说完又很主动地朝大荒走了两步,大荒紧张地攥紧了拳头,身不由己地后退了一下,青衣笑了笑止步,收回自己的手。

青衣笑着说："那我跳给你看吧。"

只见青衣转身，双袖轻轻一甩，后花园月色中的花海上空立马飘满了像萤火虫一样的粉白色雒棠树花瓣，青衣脚尖轻轻一掂，旋转着飞到了花海的正中央，雒棠树花瓣似乎也随着青衣旋转了起来，像星云，如梦似幻，两只蛮蛮瞪大了双眼相拥着看得入神。

大荒抬头看得出神，青衣盘旋在粉白色雒棠树花瓣里的某个瞬间像一条鱼，让大荒想起了弱水深渊里支离破碎的片段，遂情不自禁往前慢慢走去，走进了旋转着的雒棠树花瓣的中央，青衣缓缓着地，深情注视着大荒，衣袂翩翩，唯美至极。

两只蛮蛮偷偷摸摸抬了根圆木棍朝大荒前面扔了过去，青衣正好一不小心踩了上去，脚底打滑，"啊"了一声朝地上摔去，说时迟那时快，大荒一个箭步像风一样赶上去搂住了青衣的腰，时间空间似乎在此刻定格，只剩下漫天盘旋的雒棠树花瓣。大荒深情注视着怀抱里的青衣，青衣面带桃花，轻咬着嘴唇缓缓闭眼，大荒突然情不自禁想要轻吻青衣，这似乎是一种与生俱来的本能，他师傅从不曾教过他这些。

两只蛮蛮原本是打算让大荒摔倒的，但不曾想青衣先踩了上去，两只蛮蛮的表情从鬼鬼祟祟，到捏了把汗期待，再到睁大了眼吓了一跳，直至舒了口气躲在身后的花丛里咯咯偷笑。

Chapter 16

月色下的城墙很静谧，静得神秘，静得诡异，城墙的外面是静得出奇的沙漠，但沙漠底下的沙子似乎被什么东西拱动着前行，悄无声息。

只见城墙的另一侧泥土里突然伸出一只手，然后缓缓爬出一个折颈披发穿白袍的老据比尸，他站起身看了看月亮，又望着城墙，发出阵阵嘶哑的吼声。

波罗一个鲤鱼打挺从城墙阁楼的床上醒来，他似乎做了个噩梦，但又想不起来是什么，看了看石洞那边，月光依旧。他点燃了油灯，走到石洞的窗口看了看外面，并无异样，遂耸了耸肩转身。

大荒仍在后花园，他的嘴唇距离青衣越来越近，两只蛮蛮也看得越抱越紧，突然天空滑过一阵阵火光，像流星，惊醒了大荒和青衣，蛮蛮瞪大了双眼。这是羿部落特有的"燃箭"，因地制宜，因材施工，箭镞高速穿行时会燃出火花，一则有警报之用，二则大大增强了战斗力。

青衣立马起身说："不好！"

大荒伸手挪了一下喊了声："喂……"

只见青衣随即跑向前轻轻一跃，两只蛮蛮似乎早已跟青衣心有灵犀，瞬间合体变成一只青红相间的大鸟呼啸着振翅飞去，大荒停留在原地，雏棠树花瓣缓缓飘落，还有一瓣落在了他摊开的掌心上，大荒抬头看了看天空，月亮很圆。

Chapter 17

城楼上站了两排严阵以待的士兵，后面一排举着火把，只见一个将领样子的人挥了一下宝剑高喊了声："射！"

前面一排拈弓搭箭的齐刷刷侧身把燃箭射向城墙外密密麻麻的据比尸，夜空中、沙漠里火光漫天。将领又连喊了两次射箭的命令，"嗖嗖嗖"的三波箭阵射完，队伍立马换武器，后面一排的士兵往抛石机样子的杠杆一头搬沙袋。

将领一声令下："放！"沙袋嗖嗖嗖地飞出去，好多据比尸身上的火还没灭掉就被沙袋砸倒了。

一大群据比尸一个摞一个往城墙上爬，波罗手忙脚乱搬着沙袋朝下面扔，把快要爬上来的一个据比尸又给砸下去了。波罗拍了拍胸脯喘了口气说："还好！"

蜮大呼小叫："丫头哎！小心啊！好多啊！"

羿站在城墙上，屈膝侧身拈弓搭箭瞄准了往上爬的据比尸，燃箭像条火蛇一样刺破黑暗，硬生生刺进了据比尸的脑袋，火苗烧身，沙哑的怒吼声一片。羿把爬在最上面的几个据比尸连射两箭射掉下去，随即从城墙上跳下来，跳进内侧，走到那位将领面前拍了拍将领的肩膀，说："不惜一切代价挡住这些怪物。"

将领握拳点头道："遵命！"

突然一个士兵匆忙跑来说："报！内城失守。"

羿咬牙切齿道："跟我来！"随即跑向城墙另一头，从波罗面前经过，波罗手里正搬着一个沙袋疲于应付。

Chapter 18

一间简陋的屋内，一个妇女正搂着一个小孩子蹲在墙角瑟瑟发抖，一个老据比尸正伸着手颤巍巍地朝墙角走来。

妇女哭着说："不要过来，不要过来！"

突然这个女人的丈夫怒目圆睁地在背后朝据比尸的脖

子抢了一棍子，据比尸愣了一下，扭了扭"嘎吱嘎吱"的脖子，转身张大了嘴发出沙哑的吼声，他似乎被惹怒了，用仅有的一只手抓住那个男的原打算继续抢来的木棍，将木棍一下子捏碎，随后抓住男子脖子将其抬起来，男子双脚离地用手抓住据比尸的手拼命挣扎，但并没有什么效果，终于手脚垂下断气了。门外又进来两个据比尸抓住这个男的，直接咬着他脖子就啃，这个老据比尸松手，转身又颤巍巍朝墙角的妇女和小孩走去。

小孩子正嚎啕大哭，妇女捂着孩子的头不让他看眼前发生的恐怖场景，这一切都像是在做梦，妇女已经吓得不知言语，只知摇头，泪光满面。

就在据比尸弯腰快接触到妇女的那一刻，一支箭不偏不倚射穿据比尸的脑袋并插在了上面，妇女睁大了双眼哑然失声。

据比尸被射中后并没有倒下去，而是转身看着羿，并硬生生把箭给拔了出来，另外两个啃得满嘴是血的据比尸也被羿踹在地上，正颤巍巍地准备站起来，羿一下子不知所措举着弓箭往后退了两步，仍强作镇定，刚倒地的两个据比尸也站起来围着羿走来。

说时迟那时快，只见屋顶上射下三朵雏棠树花瓣，不偏不倚射在了三只据比尸头顶的百会穴，三个家伙立马僵住。

青衣从门口跳下，走进来说："百会穴是他们唯一的弱点。"

羿转身点头道："嗯！"

内城幽暗的巷子里，一大波据比尸正从对面走来，青衣骑在比翼鸟身上不停地朝据比尸头顶的百会穴射着雏棠树花瓣。羿在房顶上朝反方向奔跑着不停地拈弓搭箭射向据比尸头顶的百会穴，四面八方涌来了无数的据比尸。只见黑夜里青衣的雏棠花瓣与羿的燃箭不断交织着刺破黑暗，一白一金，好一番乱战。

青衣："这么多要杀到什么时候？"

羿拈弓搭箭射中一个据比尸说："杀一个是一个！"

大殿正前方的空地上也聚过来不少据比尸，夸父体型巨大，站在地上直接居高临下怒吼着用桃木杖朝据比尸头顶抢去，像打地鼠一样，拳打脚踢。

精卫跟夸父在一起，不停转身飞跃着用皮鞭抽向据比尸的头顶，精卫的皮鞭甩起来跟闪电一样，直接将据比尸从上至下劈成了两半，有一群据比尸将精卫围住，精卫一跃飞起，将皮鞭下端甩成一个圈狠狠自上而下砸了下去，将这一圈据比尸全部打趴。

而西城墙那边是重灾区，将领一声令下："放！"又一波沙袋飞出去，大家忙得错落有致。

波罗看见大荒从边上赶来，说："大荒，你可回来了！"说完把抱着的沙袋扔下去砸中了一个刚准备往上爬的据比尸。

大荒皱着眉说："又是这些家伙。"

蜮趴在波罗肩头说："又是这些家伙。"

波罗边抱沙袋边说："长得太难看了，幸亏是晚上，白天我肯定会恶心死的，这么多怎么打？"

大荒看了看远处蜂拥而至的据比尸，又抬头看了看月亮，又缓缓举起自己的双手看了看。

他想起了十岁那年一个风吹麦浪的午后，快接近傍晚了，折丹师傅从大地东极回来，正站在田野间给大荒示范如何用意念控制风起风停。只见折丹的膝盖微微弯曲半蹲，双掌缓缓抬起，双眼默默闭上，突然喊了一声："起！"这一声出自丹田，犹如游龙出水，好一股绵柔强劲的风顿时从身前推出，麦浪从这头翻到那头，大荒见此美景忍不住欢呼雀跃。

大荒学着折丹样子照做，半蹲屈膝，闭眼皱紧了双眉，得其形而失其神，动作僵硬得厉害，少了点自然天成的感觉。大荒也大喊一声："起！"一阵微风从掌间穿过，把两朵蒲公英花旋转着吹到了远方，麦田只有身前那片微微晃动了一下。

折丹摸了摸大荒的头说："眼闭心不闭，你的头低得太厉害了，不过已经很棒了，我们回去吧，寿麻师傅喊吃晚饭了。"

夕阳西下，归鸟划过天空，田野间的小路通向很远的远方，折丹牵着大荒。

大荒："你听到寿麻师傅喊了吗？"

折丹："听到了啊。"

大荒摸了摸脑袋："我怎么听不清？"

折丹："你没用心学。"

大荒："哦。"

Chapter 19

大荒被波罗晃着回到现实，波罗喊："大荒，大荒，不好啦！"

只听城墙上远处的士兵队伍那儿一片混乱，有人在喊："快来人，他们上来了！他们上来了！"

一列持长矛的士兵慌张地从大荒他们身边经过，一群士兵将爬上来的据比尸团团围住，据比尸源源不断地从城墙上翻进来，包围圈在不断被撑大，据比尸伸着一只手沙哑地吼着，颤巍巍地朝手持长矛的士兵走去。

一个士兵怒喊着冲上去将长矛刺进据比尸的胸膛，但似乎并没有对它造成什么伤害，反倒激怒了据比尸，长矛拔都拔不出来，据比尸自己一把拔了出来，把长矛另一侧的士兵撞倒在地，一群据比尸围上去啃那个跌倒在地的士兵，其他士兵都看得全身发抖不知如何是好。

波罗看着城墙那边的士兵正朝这边撤，也在犹豫不知如何是好，大荒抬头看了看圆圆的月亮，也看了看远方的沙漠，缓缓闭眼，屈膝，抬起双臂，只感觉城墙上写着"羿"大字的旌旗忽然闻风而动。

大荒大喊了一声："起！"只见狂风怒号，将黄沙卷起，大荒随即翻掌向上，龙卷风裹挟着的黄沙像听了命令一样蹿到了天上，现场被风刮得一片混乱。

青衣正骑在比翼鸟上绕着屋顶盘旋射杀着据比尸，羿站在屋顶上停了下来看着远处城墙的方向，黄沙卷起来的龙卷风越卷越高，越往上展开的面越大，似乎要将整个天都挡住，当它将月亮逐渐挡住的时候，所有的据比尸都抬头看着月亮，瞬间僵住停了下来。

城墙上的所有士兵和据比尸也都抬头看着天空，据比尸在月亮被全部挡住的那一刻都僵住了，士兵们突然反应过来，高喊："杀啊！杀！杀！"

这一通杀戮一直持续到东方既白，天灰蒙蒙的，城墙内侧被焚过的地方青烟袅袅，城墙外侧一列列士兵正穿行在横七竖八的沙袋间收拾战场，好多夜里射出的燃箭插在沙漠里或是沙袋上，或是躺着的据比尸残骸上。有两列士兵在巡逻，有很多士兵在远处拖拽着据比尸的残骸清理战场。

Chapter 20

羿都城的大殿内灯火通明，金碧辉煌，大家似乎都没休息好，狼狈地站着，羿独自一人站在大殿上，其他人站在大殿下面，大荒很虚弱地被青衣和波罗扶着。

羿转身单手用力一指，说："把大荒拖出去砍了！"门外随即进来两个士兵朝这边走来。

青衣赶忙说："那连我一起砍了吧！"

羿伸出的手又缩回，道："你……"

青衣说："若没有大荒，我们现在可不是站在这里。"

波罗耸了耸肩说："是我睡得太香了。"

羿："闭嘴，全城百姓的安危岂容你们这样儿戏！"

夸父说："老朋友，我说句公道话，据比尸属西方冥府管控，这次大规模回到人界，恐怕不是你我一个人说了算的，背后一定有着惊天的阴谋。"

精卫攥紧手中的皮鞭愤愤不平地说："肯定是烈这个乌龟王八蛋，真想扒了他的皮、抽了他的筋！"

神龟蜮条件反射似的甩了下头，转头嘀咕一句："女孩子斯文点好不好？我招你惹你了？！"

精卫恶狠狠瞪了蛾一眼，说："闭嘴！"蛾哼了一声转头不再搭话。

羿说："死罪可免，活罪难逃，将大荒、波罗二人先行关押。"

后面站着的两个士兵说："得令！"随即准备拽着大荒、波罗出去。

青衣说："羿……"语气里略显焦急。

羿摆了摆手，说："毋庸再议。"

波罗甩开士兵的手，扶着大荒说："我们会走！"两个士兵推搡着他们走出大殿之门。

羿接着说："接下来为之奈何？"

夸父说："撤城。"

羿："撤城？"

夸父："昨晚一仗已让我们损失惨重，谁也不知道下面会发生什么，老百姓手无缚鸡之力，他们不应该跟我们冒险。"

精卫："烈不达目的誓不罢休。"

羿踱步思考着，过了一会儿，突然说："传令全城，撤城！"

青衣他们转身看着大殿之门，天越来越亮了。

Chapter 21

安静的大牢，地面上零散铺着一些稻草，只有顶上的一个小洞斜射进来一束白光，过道外幽暗一片，挂在墙壁上的火盆燃烧着颤抖的火焰。大荒正盘坐着运气恢复体力，蜮趴在大荒面前抬头看着大荒。

波罗来回走动着说："没见过这么不讲理的。"

蜮转头说："也好，难得清静。"

波罗："我是替自己憋屈，你就不怕他们把你炖了吗？"

蜮说："我又不是没下过开水锅？"

波罗盯着蜮愣了一下，说："油锅呢？"

蜮一脸不屑地说："也下过。"

波罗耸了耸肩说："好吧，我先睡一会儿，昨晚像做了个梦，你们谁也别吵我。"随即找了个稻草多点的地方拾掇一下躺下就睡着打呼噜了。

Chapter 22

阴天，微风，湿寒。夸父正站在城墙外的空地上看护着众人有序撤离，臣民们从城门内鱼贯而出，蜿蜒着往山里撤，大包小包，拖儿带女。

夸父站在人群中格外显眼，因其体型硕大，披头散发，方形脸上蓄着一把如钢针的胡子，声如雷鸣，赤着双脚，袒胸露乳，腰间和手腕间裹着黑色的铠甲装束，一手持着跟身高差不多的桃木杖，一手抓着一条青蛇，桃木杖上面也雕刻着一条栩栩如生的蛇。

夸父招手大喊："后面的跟上！"夸父抬头看了看城墙上空，城墙上旌旗飘摇，羿和青衣都在城楼上，夸父随即转身跟着撤城的大部队继续前行。

微风拂过烟尘，城墙上士兵来回匆忙小跑着，城墙下是鱼贯而出的平民，青衣站在城楼上，风吹起她的青丝和衣袂。

羿拿了件长外套给青衣披上，说："别着凉了。"

青衣用手拽了拽衣领，侧脸看了一下羿说："谢谢！"随即又转头看着下面熙熙攘攘的人群。

羿解开额头上的宝玉放在手心，递到青衣面前，说："青衣，我有点喜欢你了。"

青衣看了看羿掌心的那块玉愣了一下，用手缓缓靠近羿的手，羿以为青衣答应了，心里有种小鹿乱撞的感觉，站立不安，只见青衣用手顺势将羿的手掌收起来，那块玉被羿握拳握在手心。

青衣说："这是天帝给你的，你收好。"

羿略带紧张地问："那你是答应了？"

青衣转身看着远方，说："会有人喜欢你的。"说完即转身离去。

羿沉默了一会儿，也眺望着远方，身边是擦肩而过的一列士兵。羿摊开掌心看了看那块宝玉，朝着青衣突然喊道："等天下定了，我……"

风吹动着城墙上一排写着"羿"大字的旌旗，青衣头也不回地朝前走去，而精卫此前正好准备来找青衣，她亲眼目睹也亲耳听见了刚刚发生的一切，暗自躲在角落里咬紧嘴唇，脚底似乎生根动弹不得，皱着眉，竟不知如何是好。

Chapter 23

大牢里一束白光安静地射在地面上，波罗和蛾早已睡着，波罗鼾声不断，大荒此刻正安静地闭目盘腿而坐。

刑天一手执巨斧，一手持盾牌，正缓缓朝大荒走来，走到大荒面前时突然停了下来，随即变成一束金光钻进了大荒的眉心之间。大荒皱了皱眉，眉目间有隐约的金光，大牢里一点动静都没有，除了波罗的鼾声。

大荒被一股强大的力量拽着掉进了漩涡，周遭的星辰擦肩而过，光影交错间竟闪现着一幕幕闻所未闻、见所未见的场景：原始部落首领执戟骑于猛兽上，怒吼着指挥大军交战；周幽王怀揽着褒姒于城墙上，看狼烟四起仰天大笑；始皇帝端坐殿上，接受群臣朝贺；造纸、印刷、指南针，和火药的应用场景依次显现；孔家弟子三千人坐而论道；皇榜公布之日春风得意马蹄急，一日看遍长安花……

大荒似乎穿越了很久，突然"啊"地一声狠狠摔在一个山洞里。定睛细看，山洞高大且深邃，墙壁上的壁洞内放满了看不到尽头的"竹简"，刑天稳稳地降落在他面前，手持巨斧和盾牌背对着他。

大荒揉着膝盖起身，仰头环顾着四周问道："这是什么地方？这些是什么？"

刑天转身说："未来之地。这是你的地方，这也是你要看的东西。"

大荒皱了皱眉说："我的地方？我好像不太喜欢看这些玩意。"

刑天道："很多东西不是用眼睛看的，有些事你也该知道了！"说罢轻轻挥了下巨斧，一束弯着的白光飞向大荒，大荒没站稳一个踉跄退后了两步，用双手捂着头，那束光正好劈在手腕的金圈上，发出轻微的"砰"的一声。

这是何其似曾相识的一束光，大荒站稳后，抬起双手，盯着手腕发呆，缓缓抬头，怒目注视着刑天，说："是你杀了我师傅？"

刑天说："这不是重点。"

大荒二话不说握紧双拳，冲向刑天，飞跃翻身准备狠狠打在刑天身上，只见刑天瞬间消失出现在了大荒的身后。大荒扑了个空，随即怒吼着转身又扑了上来。刑天这次没躲，但身前有一股很强大的气挡在了半空中，大荒使出了全力依然不能打穿它，身体悬浮着定住了一般，根本不能接近刑天一丝一毫。

刑天哼了声："不自量力！"这股气随即将大荒震飞，摔倒在地，大荒手捂着胸口挣扎。

刑天慢慢走到大荒面前，说："不过我很欣赏你这点，嫉恶如仇，跟我当年很像。"

大荒朝地上啐了口唾沫，说："呸！"

刑天转身慢慢走到壁洞前说："我可以给你一个选择，要么拜我为师，要么……"

大荒捂着胸口站起身说："你休想。"

刑天瞬间以光影般的速度移动到大荒面前，用斧子抵着大荒的脖子，说："想求我传授一招半式的人可以从天上排到地下，对你，我已经够有耐心了。"

大荒闭着眼昂着头说："我打不过你，动手吧。"

刑天突然收回巨斧，大笑道："《五臧山经》的主人果然气血非凡，只是被你那几个师傅糟蹋了。"

大荒听刑天如此辱没他的师傅，顿时攥紧了拳头，过了好一会儿，似喃喃自语："《五臧山经》？"

刑天一本正经地说："找到它，你可以坐拥天下。"

大荒问："你呢？"

刑天转身走了几步，说："我只想找一个老朋友叙叙旧。"

大荒看了看刑天身后满墙的"竹简"说："我想一个人待一会儿。"

刑天笑着说："可以。"

刑天瞬间消失不见，山洞里光线也瞬间暗了下来，只见前方的石凳石桌上有一喋油灯燃着豆粒般大小的火苗。刑天的声音在空中传来，说："你可以考虑拜我为师，或者把这里的书全部看完，否则你是出不去的，哈哈哈哈。"

大荒攥紧了拳头大喊："不用考虑了！"声音回荡在山洞里，随即又默默低头嘀咕了一声，"青衣……"

大荒随即又大声喊道："蜮！波罗！波罗！"

没有任何应答，壁洞上也有油灯，火苗都亮了起来，大荒环顾了一下四周，豆粒般大小的火苗满眼都是，根本看不到尽头，若果真如刑天所言，这些玩意儿要看到哪年哪月？

大牢里依然很安静，大家好像都睡得很沉，波罗鼾声震天，大荒的身体依然安静地盘坐着纹丝不动，那束射进来的白光似乎显得很亮。大荒并不知道自己身在何处，他也不清楚刑天所谓的"你的地方"是什么地方，他从不曾来过这里，也许来过，但是忘了吧。

大荒看着山洞里的书晃了晃脑袋，坐到了石桌前，狠狠一拳打在石桌上说："没一个靠谱的！"随即把石桌掀翻，油灯也摔落在地。

大荒愤愤地起身，转身离开，没走两步，感觉身后有动静，原来是刚刚被掀翻的石桌和油灯很神奇地复原了，竟像什么都没发生过一样，大荒盯着石桌上的油灯愣了一下。

大荒摊开双手看了看，又看了看一眼看不到头的壁洞里的灯火，随即缓缓闭眼屈膝抬手，风从两腋生出，石桌上和壁洞里的火苗颤抖得越来越厉害。

大荒突然大喝一声："起！"一阵不见其形但闻其声的猛烈的风吹了出去，四周一下子全黑了。

大荒正吁了口气拍了拍手，眼睛还没来得及睁开，所有的灯又瞬间全亮了，由近及远、由下至上依次亮开，好不壮观，大荒张大了嘴巴无言以对。他跳着喊："你耍赖！不带你这样的！"

刑天的声音传来："雕虫小技都是徒劳，你每用心看完一本，就会熄灭一盏灯。"

大荒"啊"地仰天长啸一声，慢慢冷静下来，咬牙切齿双拳紧握走到了壁洞前，嘀咕道："不就是看书嘛。"

Chapter 24

大荒翻开一册"竹简"，他明明不认识上面的符号，却不知为何突然能够明白这些符号所表达的意义。他看着看着便入境了，只见其正目不转睛地坐在石桌前翻看着"竹简"，"竹简"上均刻着稀奇古怪的图案符号，这些符号似一个个亮闪闪跳动的精灵。石桌上不知不觉已经堆了小山一样高的"竹简"，而且越堆越高，桌上的油灯依旧燃烧着，灯油似乎永远烧不完，壁洞上的油灯一盏接着一盏熄灭。

大荒的上空出现了桃花盛开的春天景象，柳枝迎风飘摇，燕子盘旋着，几个小孩子正欢呼雀跃奔跑在河边放着纸鸢。

大荒的上空出现了荷花荷叶交相掩映的景象，有几位婀娜多姿的女子正划船采莲，嬉笑声随风摇曳。

大荒的上空出现了一望无际的金黄色稻田，村夫村妇正忙着收割，家里的谷仓堆积得像一座小山，上面贴了个红纸黑墨写就的"丰"字，好不喜气洋洋。

大荒的上空出现了漫天的飘雪，河山银装素裹，天黑时，厨房的大锅里蒸着香喷喷、热腾腾的饭菜，一家子围在灶膛边。

终于，一切幻象都消失了，壁洞上的灯火都熄灭了，周围都暗了下来，只剩下石桌上的那盏油灯，桌上和身边堆满了"竹简"，大荒已变成了一位白发苍苍、胡须拖得很长的老者了。大荒正一手捋着自己的胡须，一手缓缓卷起面前那一卷刚看完的"竹简"，遗世而独立。

刑天突然出现在石桌旁，大荒很安静地侧脸看了一眼，没有丝毫愤怒、惊讶的情绪。

刑天说："你已经看了一百年了！"

人荒缓缓起身说："是啊，一百年了，弹指一挥间。"

刑天说："你想好了吗？"

大荒笑道："也许我还能再呆个一百年，如果能活那么久的话。"

刑天怒吼："执迷不悟！"说罢用巨斧的斧柄狠狠击了一下地面，山洞剧烈地晃动了一下，石桌上和地上的"竹简"都震散了，大荒也差点一个踉跄没站稳，山洞好一会儿才恢复平静。

大荒说："你曾是三界的战神，所向披靡，你一手打造了自己的传奇，到头来却为何跟自己过不去呢？"

刑天转身，一手持巨斧，一手持盾牌，走到壁洞前转身看着大荒，说："我杀了你师傅，你不恨吗？"

大荒："恨！但已经不重要了，因为他们没死，他们永远活在我心里，这也是你没有的爱！"

刑天说："三界内恐怕还没人敢跟我刑天这样说话的。"

大荒笑道："是吗？"

刑天说："我会杀了你。"

大荒背对着刑天说道："我知道你根本杀不了我，你只是害怕我得到《五臧山经》后不交给你罢了……"

刑天笑道："我不杀你是因为你跟我当年很像，冷漠，骄傲。这里的一百年是外面一眨眼的时间，你很有觉悟，虽然让我有点失望，但你要想清楚了，外面想得到《五臧山经》的家伙正从四面八方涌来，无知是要付出代价的，也许我能帮到你。"

大荒背着双手说："我们不是一类人！你可以走了！"

刑天攥紧了握着巨斧的拳头，猛地朝地面一击，怒吼说："混账！"

山洞里顿时地动山摇，上面有灰屑和石块开始掉下来，而且越掉越多、越掉越猛，大荒的身体晃动不止，感觉瞬间就要被埋在了山洞里，山洞确实瞬间坍塌。

大牢的地面也在微微颤抖，地面上有碗水，水面的波纹明显可以验证这绝非幻觉。波罗正趴在地上用耳朵贴着地面用心地听着。

蜮盯着碗里的水，瞥了下波罗："这还要听吗？"

波罗抬头将食指递到唇边示意了一下："嘘——"

蜮晃了晃脑袋说："要命！"

大荒猛地从梦中醒来，额头出了一层虚汗，他习惯性地像捋胡须一样用手摸了一下下巴，发现并没有胡须，但刚刚那个梦似乎很真实，他也恢复了所有的记忆。

波罗抬头看着大荒说："大荒，地震了。"

大荒皱眉说："不是地震！"

蜮嘀咕道："大牢比宫殿还结实，躲在这也好。"

Chapter 25

道路崎岖的山间，有小溪流隐约穿插其间，乱石杂草丛生，夸父正带着民众撤离。

山坡上突然有几个不大不小的石块滚下来，夸父抬头看了看石头滚落的方向。有位老者手里正端着一碗水准备喝，水面的波纹一波接着一波震动着，众人都感受到了脚底下的轻微震动，均朝着来时的方向驻足观望，夸父也转身朝来时的方向看了看。

夸父喊道："加紧撤离，后面的跟上！"大家赶忙又聚在一起动了起来。

这波来历不明的震动绝非毫无缘由，羿都城南城门的空地上尘烟四起，站满了严阵以待的士兵，两人一组，其中一个拈弓搭箭，另一个拿大刀和盾牌在边上掩护，羿骑着那匹嘶啸的千里宝马驺吾立在部队的最前面。驺吾其状大若虎，身有青黄赤白黑五色，尾巴亦像虎尾一样，比身体还长，仰天长啸，力透云霄。

似乎有一大批来者不善的部队朝南城门扑过来，动静很大，尘土飞扬，看不清是什么东西。突然，有一只跟老虎样子很像的怪物咆哮着从笼罩的尘雾中蹿出来，还有两只翅膀，所以蹿得很快，脚掌轻轻着地时只要扇一下翅膀便立马飞跃着向前，速度极快。这便是常年居于大地最南端让人闻风丧胆的怪兽穷奇，状若虎，有翼，喜食披发之人，从头吃起。

羿骑在马上拈弓搭箭"嗖"的一下子射出一支燃箭，不偏不倚正好射中那只穷奇的眉头，火光顿起，那只穷奇咆哮着身体失控朝前打了几个滚，正好滚到了羿的前方不远处，扑腾了两下翅膀就断气没了动静，身体毛发因燃箭射中之故全部燃烧起来。

羿高喊："准备！"全体士兵听到命令均齐刷刷地将弓箭抬高至四十五度朝向正前方。

说时迟那时快，一大波咆哮的穷奇从烟尘里呼啸而出，蜻蜓点水般地朝羿的都城飞奔而来。

羿大手一挥，喊："射！"

只见密密麻麻的燃箭"嗖嗖嗖"地射向迎面而来的穷奇，连续射了好几波，直到战场前面的穷奇尸首堆成了小山堆，烟火混杂着焦味和嘶叫声。有一只穷奇飞得比较猛，眉头、身体，和翅膀中箭后直接摔进了羿的部队里，手持大刀和盾牌的士兵立马怒吼着朝着穷奇狂砍，鲜血四溅。

战场突然安静了一下，但是堆成小山堆的穷奇尸体正上方突然飞来一大波来势更猛的穷奇，它们被彻底激怒了，直接扑着翅膀飞来，脚掌都不沾地。

羿拽着受惊的宝马驺吾转圈，抬头拈弓搭箭，高喊："射！"

全体士兵立马以更高的角度朝着天空射去，好多穷奇中箭后摔落下来，掉进部队里，部队原有的阵型立马混乱起来，情形似乎有点失控。受伤的穷奇扑腾着翅膀咬住了士兵的头颅，有一个手持大刀和盾牌的士兵看着身边射箭的兄弟就这样被吃了，站着看傻了，抬头看时一只没受伤的穷奇怒吼着从天而降直接咬住了他的头，被整个人甩动着吞掉了，刀剑甩落一旁。一大波穷奇从天而降，士兵一个接一个被吃掉。

好一番恶战，羿也被一只穷奇扑倒在地，连打了几个滚，双手用力抓住穷奇的爪子，穷奇的大嘴吼叫着快接触到羿的脸颊了。万分危急之中只见羿怒吼一声，硬生生将扑在身上的穷奇甩到了一边，刚舒了口气，只见又一只穷奇从天而降，不偏不倚冲着自己扑来，羿微微张嘴心想完了，但说时迟那时快，一朵雏棠树花瓣狠狠地射进了这只穷奇的眉心，穷奇断了气摔在了羿的身上，羿起身推开这只穷奇时，它还吼叫了一声，然后才彻底瘫掉。

羿站起来的时候战场上一片混乱，士兵兄弟基本上都阵亡了，身边七八只穷奇虎视眈眈地围着自己，羿咬牙切齿，"咯吱"一下扭了下脖子，整理了一下弓矢，二话不说拈弓搭箭朝正前方一只正盯着自己的穷奇射去，电光火石间，一击毙命。其余方向的七八只穷奇看见，似乎被激怒了，怒吼呼啸着冲着羿奔来，羿又赶忙拈弓搭箭射向一只刚扑腾翅膀跃起的穷奇，箭无虚发，又射中一只。

羿孤身一人显得势力单薄，剩下的六只跃起扑过来的穷奇已将羿彻底包围，包围圈越来越小，羿很无助地原地转圈看着四方包围之势。千钧一发之际，一只白嘴黑身红脚鸟突然飞至羿的上空并幻化成人形，不是别人，正是精卫。只见精卫手中的鞭子像闪电一样甩成一道圆圈，旋风随之四起，烟尘遮住了几只穷奇的眼睛，随着精卫俯身一声怒吼，皮鞭的光影落处正好不偏不倚在几只穷奇头上，穷奇刚准备咆哮冲上去，瞬间身首异处，应声倒下。

精卫喊："快撤！"

羿赶忙骑上惊慌失措的驺吾，回头说："谢谢！"

羿随即带着为数不多边打边退的残部向城门那边撤退，高喊："关城门！"只见吊桥样的城门缓缓被关上，没来得及进来的士兵被扑上来的穷奇直接吃掉，嘶叫声混乱一片，哀鸿遍野。

精卫看着骑马远去的羿兀自出神，殊不知身后又扑上来几只穷奇，亏得青衣赶来解围。

青衣喊："小心！"青衣骑着蛮蛮旋转着飞起、擦地而过、升空回旋，雒棠树花瓣一个接一个射出，但穷奇多得根本打不完。突然有一只跃起升空的穷奇咬住了蛮蛮的一只翅膀，并将其拽下来吞掉了，穷奇吞掉的是红色的那只，原本合体的两只蛮蛮只剩下青色的一只，这只青色的蛮蛮惊慌失措地尖叫着，它看见空中只剩下一根红色飘飞的羽毛，伤心异常，那只穷奇正舔着沾满鲜血的嘴巴恶狠狠地盯着它。青色的蛮蛮不顾一切地冲向这只穷奇，跃起，俯身，这无疑是以卵击石，果不其然被这只穷奇一口吞掉。

青衣一个踉跄刚站稳，赶忙高喊道："不要！"但一切都如此真实地发生了，一切都已经为时已晚，青衣喃喃自语道，"蛮蛮……"

她终于按捺不住，在地上定住，双拳紧握，衣袂飘起，大喊一声，一束微弱的紫色椭圆形盘古星云冲击波以自身为中心平行射开，所有穷奇均被撞击得应声倒地，瘫在地上呻吟挣扎。

青衣有气无力地站着，精卫赶来搀扶着青衣说道："此地不宜久留，姐姐快走。"

Chapter 26

尘烟未落，盘古星云的冲击波让大家都晃荡了一下，羿站在城墙上用手掩面，身边站满了一排严阵以待的士兵，这次他们拿出来的不是一般的弓箭，而是强弩，比之前的杀伤力强很多，这是他们的第二道防线。冲击波的震动刚刚停止，大地似乎又开始隐隐作颤。

大敌当前，青衣在城楼上很快恢复了平静，不似此前姑姑被烈杀害那般沉沦不已。只听其说："穷奇处大地南极，生性凶残，动作迅猛，极难对付。"

羿咬牙切齿道："它们来一个，我杀一个，它们来一双，我杀一双。"羿随即转头看向远方，只见远方又滚起了更浓厚的尘烟，越来越多的穷奇朝都城涌来。

羿举起两根手指朝向正前方示意，喊道："射！"

只见黑压压一片的强弩射向了正前方，比起燃箭的火热，强弩恰恰相反，银色的箭镞寒气逼人，穿过尘烟，直接射穿飞奔而来的一大波穷奇，前面的穷奇基本上都阵亡倒地，挣扎时尘烟更浓了。

战场上似乎没了动静，羿正在沉着冷静地注视着前方，但看不透尘烟，他们似乎把穷奇消灭了，大家沉默好一会儿，突然都欢呼起来，庆祝消灭了前来的南方黑暗军团穷奇。

其实残酷的杀戮才刚刚开始，只见南城门前方的天空渐渐黑了下来，似乎雷声隐隐，不是因为天黑，也不是因为下雨，而是因为不计其数的穷奇全部飞着压了过来，它们不在地上奔跑了，也不用翅膀扑腾着半跑半飞了，索性全部怒吼飞啸而来。大家都看傻眼了，似乎僵住一般。

羿高喊："撤！"第二道防线俨然派不上任何用场了。

Chapter 27

波罗正在牢房门口用力地拉扯着栏杆，但似乎并不管用，牢房大门纹丝不动。波罗回头说："大荒，来帮帮忙啊！"

大荒仍坐着，头似乎有点疼，用手扶着额头说："屁大点事。"说完起身往波罗这边走来。

波罗又捡了根铜丝样的东西对着牢锁眯眼撬起来，感觉很专业。正在捣腾时，只见蛾不紧不慢地从牢房间的空隙里爬出去，抬头嘀咕道："麻烦让一下。"

波罗看了下爬出去的蛾，惊讶地皱了皱眉，随即退到一边，只见蛾对准牢锁喷了一口，牢锁竟然像被腐蚀一样慢慢融化了，波罗瞪大了双眼，哑然失声。

波罗："你，你早说啊……"

蛾晃了晃脑袋，不无得意地说："你还年轻，不知道的还多着呢。"

羿和青衣、精卫等人已经回撤到宫殿前方的空地上，灰白色的地砖，四周有一圈围墙，一群士兵站在羿身后仰望着天空，穷奇大有"黑云压城城欲摧"之势，黑色的阴影慢慢遮住了外城墙、内城墙，正一步步逼近羿等人。

正在大家迟疑之际，波罗走到精卫身边冲着大家笑了笑，大荒突然走到大家的最前面站定，抬头看了看压过来的阴影，随后移转腾挪间竟似向天地借法般一手旋转着黑气、一手旋转着白气，两股截然不同的气互相交融着，念念有词地用手势控制着光线，只见他身后也有同样黑暗的影子慢慢覆盖过来，只不过身后的阴影像是光线被强行折弯压下去一般，正好跟前方穷奇的阴影相交在羿等人的脚尖处，将所有人保护起来。

蛾正趴在波罗的肩头，抬头看着铺天盖地而来的穷奇，说："丫头哎！还是大牢里安全。"

羿看了看波罗，随即转身看了看天空，握紧弓矢，咬牙切齿道："看来我们没得选了！"

精卫握紧皮鞭，道："跟它们拼了！"

青衣焦急地喊了声："大荒……"

大荒转头看了看青衣，笑道："我只是试试师傅教的管不管用，你们往后退一点。"

只听见大荒一声怒吼："起！"声音拖得很长，大荒压低了身子用脚横扫了一圈，有形又似无形的气环绕四周，只见大荒闭眼、屈膝、抬臂，随着一声令下，狂风怒起，摧枯拉朽，脚底下的砖瓦都在黑暗中被这股强劲的风力连根拔起，随着大荒手臂挥动的方向冲向铺天盖地而来的穷奇，一切有形之物燃出了火焰刺破空气，照亮两边的黑暗，直冲穷奇大军撞去。羿、精卫、青衣、波罗四人紧紧地手牵着手，蛾也紧紧地抓着波罗的肩膀，不然差点被吹飞。

穷奇的先头部队被打了个措手不及，大荒随即又来了一波摧枯拉朽的狂风，乌云翻滚，电闪雷鸣，这样的狂风将它

们全部吹了回去，大荒这边的黑暗逐渐逼退了穷奇带来的黑
暗。

突然一束刺眼的金光在穷奇大军的正前方从空中斜射向
大荒，接触到大荒身体的那一刻，不偏不倚，把大荒击中，
令他翻滚在地吐了几口血。天空中出现一个大太阳般的火
球，瞬间变成十个一字排开的明晃晃的太阳，光亮盖过了所
有的黑暗，大地上瞬间像是从黑夜到了晌午。

青衣赶忙蹲下扶着大荒，关切地问："大荒，你怎么
啦？大荒……"

大荒手捂胸口，忍痛笑着说："还好，没掉下悬崖。"
青衣忍俊不禁。

很多士兵都热得躁动起来，汗如雨下，感觉身体要被烤
焦了一般，陆续有人放下兵器脱掉铠甲。

第五卷　逐日射日定乾坤

时空虚实难辨，夸父如何逐日？羿如何射日？执掌昆仑的烈是10个太阳里的老大，由他一手挑起的乱局又该如何收场？好一番鏖战和权谋，包括精卫在内的一行人等均押注了生死！

Chapter 1

山野间盛开的花渐渐闭合萎谢，绿草也像蔫掉一般，所有的绿色都转眼变成了枯黄。人都快经受不住了，何况一花一草。

夸父和所有撤城的平民、随行士兵的额头上都渗出了汗珠，有人用手遮掩着眼睛抬头看着，有人在要水喝，夸父忙于应付，遂把手上缠着的青蛇轻轻一触化进了桃木杖顶端盘着的蛇像雕刻里。

一位老者说："十个太阳，造孽啊……"

有一家人正小心翼翼传递着仅有的半壶水，大家匀着喝一点解渴。

一个小男孩看见了直舔舌头，拽着母亲的衣袖说："娘，我要喝水。"母亲晃了晃随身的储水葫芦，里面空空如也。夸父走来，将自己随身携带的储水葫芦递给刚刚要喝水的小孩子，小男孩转着滴溜溜的眼睛看着体型硕大无比的夸父，接过来咕噜咕噜喝了个尽兴。

小男孩母亲摸着孩子的头说："还不快谢谢叔叔。"

小男孩用手臂擦着嘴，笑着说："谢谢叔叔。"

夸父接过储水葫芦说："不用谢。"

小男孩继续说："叔叔，天上为什么有十个太阳啊？"

夸父攥紧了桃木杖说："太阳不懂事！"说完系好储水葫芦转身离开向前走去，一眼望去，队伍里众人都开始精神涣散。

Chapter 2

一大波被逼退吹走的穷奇大军再次翻越过宫殿的围墙，虎视眈眈地朝青衣等人缓缓逼近，天空中十个火球样的太阳中间突然有一个熄灭降落变成了人形出现在青衣面前，此人正是十个太阳里的老大烈，黑色的应龙也随其降落下来，爪子来回动着。烈回头瞥了一眼穷奇大军，穷奇大军似乎有所忌惮，均停了下来。

烈笑着说："好久不见，老朋友们！"

精卫攥紧了皮鞭在旁边冲着烈啐了口唾沫，"呸！"正好吐在烈的脸上，烈若无其事地用手将其拭去。

羿侧脸瞥了眼精卫，说："精卫！"

羿在烈走到自己面前时说："也许我们可以痛快点！"

烈立马抓起羿，手指都抠进了羿的铠甲，用脸贴近羿，低声质问："痛快点？"

话音未落，只见烈随即将羿狠狠地摔得老远，羿捂着胸口挣扎着起身，拈弓搭箭射向烈这边，烈并没有看着羿的方向，但似乎能感觉到射来的这支箭，轻轻伸出一只手，掌心间一股气便挡住了势如破竹的箭，只见烈掌心一推，这支箭便以更快的速度反射进了羿的身体里，插在了他的肩膀上，只不过是反着插的，箭镞仍露在外面冒着青烟。羿应声倒地，但随即忍痛拔掉这支箭，艰难起身，准备拈弓搭箭再射一支。残留的部队见首领受伤，准备上前，但敌我靠得如此之近，谁都不知如何应付，均在原地躁动着。

烈在反推那支箭时对着青衣等人冷冷地说："乌合之众！"

他随即"嘎吱嘎吱"扭了下脖子，以闪电般的速度移动到还没站稳的羿的面前狠狠将羿打倒在地，一把夺过羿手上的弓箭，弓箭在烈的手上像着火一样被烧成灰烬。

烈随即揪着羿的脖子，恶狠狠地说："你在昆仑山的时候不是很意气风发吗？你应该早点知道什么叫天高地厚！"羿猛地朝烈的脸颊抡了一拳，烈侧着脸咬牙切齿愣了一下，羿刚准备抡第二拳时，拳头被烈狠狠抓住，手被拧得咯吱作响，他随即被烈狠狠甩飞，烈又如光影般追到羿的跟前抓住即将着地的羿，又是一顿拳打脚踢。

就在烈准备朝羿的脸上狠狠打最后一拳时，烈举起的拳头被身后甩来的皮鞭扣住了，是精卫，两人拖拽僵持间，羿腿一软倒在了地上，脸上被打得青一块紫一块，手捂着胸口嘴吐鲜血仰天无语。

精卫喊道："羿！"

烈顺着皮鞭把精卫拽进了自己怀里，笑着说："精卫妹妹，为了这样一个男的，不值当吧？"

精卫用脚倒钩跃起，皮鞭被甩成了一束光，准备翻身从高处击向烈，不曾想，烈的速度要远远快于她，只见烈瞬间出现在更高的地方一脚泰山压顶不偏不倚冲着精卫胸口踢了下来，精卫被这一脚狠狠地踹在地上，"砰"的一声摔落在羿的身边。

精卫一边咳嗽，一边挣扎着抱起羿的头，喊道："羿，你醒醒，羿……"

羿缓缓睁眼，抓紧精卫的手，有气无力地说："拜托你了。"精卫默然点头。

烈站着冷笑一声："好感人呦。"

他旋即以闪电般的速度回到青衣等人面前，轻轻拍了拍手臂上的尘灰，笑道："不好意思，刚开了个小差，言归正传吧。"

波罗回望了一眼，又看了看在面前踱步的烈，战场上似乎只有他一个人站着了。烈若有所思，突然对着波罗说："哦，差点忘了，还没谢谢你呢，你做得很好。"

青衣和大荒均抬头看着波罗，不知所言何事，穷奇大军亦在蠢蠢欲动，此刻的沉默让人窒息。波罗连连摇头说："不是这样的，不是这样的……"波罗的脑袋有点晕眩，额头上全是炙热的汗珠，他看着眼前模糊晃动的一切，陷入了回忆，那一晚他像是在做梦。

昆仑山大殿内烛火通明，侍从均已退下，烈正在大殿前来回踱步，应龙站在下面。只听应龙点头转身喊了句："带上来。"门外两个执长矛的士兵拽着双手被反缚住的波罗进了大殿，随后自行退下。

烈缓缓走下大殿，绕着波罗看了一圈。

应龙问道："已拷问过此人，确实不甚知情，不知该如何处置？"

波罗衣衫褴褛，刚被拷打过，惊慌失措地哭道："不要杀我，不要杀我……"

烈转身朝着波罗走来，盯着波罗冷笑道："我当然不会杀你。"

波罗笑道，说："谢谢，谢谢！"

烈说："我不仅不会杀你，而且还会保护你，甚至还可以满足你的一个愿望，比如，让你祖父起死回生。"

波罗瞪大了双眼，哑口无言，说："你，你……"

烈轻轻挥手，一束细若游丝的金光瞬间将笼中的一只鹦鹉杀死，应龙走过去将鸟笼提来，烈笑了笑，伸出双手，鸟笼在双掌间悬浮住，似乎有一股绵柔的金色的气在贯穿着鸟笼，刚刚死掉的鹦鹉竟然又复活了，应龙将鸟笼取走。

烈笑道："举手之劳罢了。"

波罗感觉这一切都像是在变魔术，但又来得如此真实，更是他心底一直想得到的，遂问："你要我做什么？"

烈拍了拍波罗的肩膀："你该做什么就做什么，我只有一个小小的要求，你的朋友跟我的朋友在一起，你找到他们的时候记得告诉我一声，可以吗？"

波罗说："你想伤害他们？"

烈笑道："他们躲得掉吗？"

波罗陷入了沉思，大殿内静得似乎连一根针掉地上都能听见，大殿窗外漆黑一片。夜已深，大殿内的墙壁上火苗燃烧颤抖着，越看越亮，亮得刺眼。

Chapter 3

羿都城废墟的宫殿上方一字排开九个太阳，一边是稀稀拉拉躁动的士兵，一边是虎视眈眈蠢蠢欲动的穷奇大军，烈走到青衣面前，波罗正站在一旁发愣，应龙也一动不动在之前的位置上站着。

烈伸手说："交出来吧。"

青衣起身道："你觉得我会把它给你吗？"

波罗赶忙蹲下照顾大荒，拍了拍大荒的肩膀，大荒咳嗽了两声，波罗轻声喊："大荒……"大荒看了看波罗，不能出声。

烈笑着说："我觉得你应该比你姑姑聪明，对你，我有点不太忍心。"说着用两根手指去挑青衣的下巴，被青衣一把推开。

烈讨了个没趣，闻了闻被青衣碰到的两根手指，深深吸了一口气，说："我不希望你重蹈覆辙。"

青衣冷冷地说道："你根本不配执掌昆仑。"

青衣说完随即以闪电般的速度飞跃到烈的头顶，头朝下，无数瓣雏棠树花瓣以迅雷不及掩耳之势射下来，但烈的反应速度也不慢，瞬间挪移躲开青衣的攻势，这些雏棠树花瓣硬生生钉在了地上。青衣立马转身，轻盈着地，一个弯腰，又射出三瓣雏棠树花瓣，只见烈左一个侧身、右一个侧身，两瓣雏棠树花瓣便擦着脸颊急速飞过，还有一朵是朝身体正中央打来的，烈赶忙踮脚跃起，翻身到青衣面前，两人拳脚相交，一时不分上下。

就在烈准备从侧面攻击青衣侧脸的时候，捣出去的拳头在快要碰到青衣脸颊的时候被一只孔武有力的手抓住了手腕，青衣的发丝因为烈打出的这一拳随风而动。青衣感受到了一股简单直接但不失精进的气，原来是大荒抓住了烈的手腕，而大荒此刻正站在自己面前，两人四目深情相对。此刻的烈仿佛成了多余的一个，暗自较劲想收拳，但于事无补，最气人的是大荒和青衣两人的视线完全不在自己身上，他很诧异身为一介凡夫俗子的大荒何来的这股韧性极强的气。

过了好一会儿大荒才微微侧脸看着烈，笑道："好男不跟女斗，这样不太礼貌吧？"

烈怒道："无名鼠辈，滚！"

大荒说："对《五藏山经》的主人，你最好放尊重点，刚刚你已经够失礼了。"烈和青衣都瞪大了眼睛看着大荒，惊讶不已。大荒话音未落就将烈顺势甩了出去，烈在空中侧后翻了好几圈才算平稳落地。

青衣拽着大荒的衣袖，说："大荒……"

大荒拍了拍胸脯，笑道："我很好，你看。"言罢还做了个鬼脸，逗得青衣咯咯发笑。

烈整理了一下衣袖，说："看来我小瞧了你。"

大荒扶着青衣的双肩，深情地注视，说："他要是敢伤你一根发丝，我让他变成秃驴。"

青衣听完情不自禁发笑，突然瞥到后面，喊道："小心！"

只见烈以闪电般的速度在背后跃起冲向大荒，准备狠狠自上而下击打大荒一拳，大荒单薄的身躯似乎根本没可能抵挡住这杀气十足的一拳，但大荒并没有在意，他将青衣轻轻推到一旁，在烈的拳头快接触到自己头部时，瞬间转身，挥出一拳硬生生地顶住了烈的招式，一股强劲的冲击波在双方的拳头之间扩散开，金色掺杂着紫色，大荒脚后跟抵着地面，身体呈弓形斜向上，烈则身体倾斜头朝下，两人就这样僵持住了，双方的表情都显得愈来愈吃力。

大荒忽然猛地用另一只空着的手握成拳，狠狠地打在了双方僵持形成的冲击波平面上，烈一下子被震飞了，落地时一个踉跄朝后退了好几步才勉强站稳。

应龙在烈被震飞着地之前快速移动到烈的身边，搀扶住他说："烈！"

烈挥手推开应龙，示意他走开。烈被彻底激怒了，他不曾想丢人至此。只见他站在原地一动不动，看着大荒和青衣，突然风吹起了烈的衣袖，他挪转着身体，一条赤焰巨龙竟逐渐成形并绕周身呼啸盘旋，随着烈的一声怒吼，这条赤焰巨龙也张大了嘴巴盘旋着冲向大荒，似乎要把大荒他们一口吞掉，在场所有人都觉得大事不妙，张大了嘴巴，惊讶不已，躁动不已。

大荒硬生生地用双手撑住了赤焰巨龙的嘴巴，但撑得很艰难，他被赤焰巨龙的冲劲撞得节节后退，赤焰巨龙突然盘旋着飞起，用龙尾狠狠地把大荒击打在一旁，大荒毫无招架之力地瘫在地上，赤焰巨龙呼啸盘旋着自上而下，再次张大了嘴巴，准备吞掉倒在地上的大荒，大荒抬头看时习惯性地伸出手臂遮住了眼睛的位置。

眼看着巨龙快咬到大荒了，精卫在身后宫殿的屋顶上突然大声喊道："住手！"这一声来得如此利索而不容置疑，一切仿佛都瞬间定住了一样。

精卫手里拿着一卷竹简样的东西，继续说："你要的东西在这里。"

烈循声望去，笑道："你们也够调皮的啊。"

精卫说："《五臧山经》不仅蕴藏了九州的山川灵气和奥秘，而且只有它真正的主人才有资格执掌昆仑。"

烈说："哦，是吗？它是我父亲的，当然也是我的，我只是拿回我该拿的东西，这不过分吧？"

精卫啐了口唾沫，厉声道："呸！你根本不配！"

烈摊开双手，看了看身后的穷奇大军，还有天上的九个兄弟，转身对精卫说："难到还要我自己动手吗？"

天上九个太阳中最边上一个太阳突然降落变成人形出现在烈的身边，是一个小男孩模样，他叫明，是十个太阳里最小的一个，不谙世事，但这段时间跟随哥哥们直接或间接见证了太多的杀戮，这着实让他很痛苦。

明晃了晃烈的衣袖，乞求道："哥哥，哥哥，我不想再杀人了，我怕，我们回家好不好？"

烈瞥了一眼个头及腰的明，拂袖推开他，嘀咕道："哼，我有时真怀疑你是不是跟我一个血统。"

就在双方僵持不下的时候，只感觉北方大地有一波接着一波有规律的震颤传来，像是训练有素的部队，但大家都不知是敌是友，面面相觑。

Chapter 4

正在迟疑间，一大批跟树干一样的人翻越过宫殿北面的围墙而来，源源不断，他们均手执长矛，步伐整齐，虽说他们看起来像树干一般木讷，但翻越围墙的时候动作却异常轻盈，在前面带队的首领手执方天画戟，身形比其余的人都要魁梧，来的正是不死族。精卫在宫殿屋顶上看得很清楚，从北面来的不死族部队黑压压一片，跟南面的穷奇大军数量不相上下，阵容极其强大。

首领看着大荒这边说："老朋友，我来晚了！"

大荒瘫在地上已经有气无力，脸上露出了一丝笑容，挥手示意，那条赤焰巨龙仍盘旋在头顶，像是定住一般。看到不死族，青衣、波罗，以及瘫在地上的羿等人都看愣住了。

首领说："在山里闷了几百年，也该出来透透气了，你师傅也是我师傅，我也学了点千里传音的皮毛，你果然摊上事了。"

烈突然笑道："呵，有意思！"

精卫在宫殿屋顶喊道："想要《五臧山经》，先过了我这关再说。"言罢变成一只白嘴黑身红脚鸟尖叫了一声急速向北方飞去。

烈一看立马伸手收回了之前的那条赤焰巨龙，只见赤焰巨龙盘旋着飞回，狠狠地用龙尾抽中了大荒，将大荒打得昏厥在地，随后越来越小，倏忽一下钻进了烈的衣袖消失不见。烈也立马变成一个刺眼的太阳飞上天追向北方，天空中一字排开的八个太阳也迅速向北追随着烈飞去。

应龙看着明，双手作揖道："明王，卑职先走一步。"言罢只见应龙变成一只黑色飞龙呼啸着向北方飞去，只有孩子般大小的明带着童真的眸子茫然四顾了一下现场，犹豫了一下，还是决定变成小太阳追向他的哥哥们，于是空中又出现一个太阳拖长着尾巴划向北方。

Chapter 5

一片开阔的沙漠，燥热异常，夸父正带着都城百姓迁移至此，大家步伐都很慢，还有人时不时中暑晕厥在地，人群里时不时传来尖叫哭喊声，随行的士兵前后跑动观察情况。

夸父正抬头看天，天上十个太阳正在不同的位置同步移动，他听见了一声犀利的鸟叫，是精卫在很高的高空呼啸飞过时发出的声音，后面有一个大太阳在追着，还有八个太阳随后追着，最后还有一个似乎落队的太阳也在追着。

精卫在振翅飞行着，她回过头看时，身后明晃晃一片，十个火球样的光点正以同样快速乃至比自己更快的速度追过来。为首的大火球还发出了一束金光射向自己，被自己迅速地躲闪了过去，又一束金光射向自己，也被躲闪了过去，后面八个火球也不约而同射来八束金光，有两三束金光在精卫鸟附近交汇撞在了一起发出了"砰"的一声，也炸出了刺眼的金花，这样的攻击持续了好几拨，精卫的翅膀还被一束金光擦中。

精卫尖厉地鸣叫了一声，转头看着前方，忍痛振翅奋力飞去。

夸父抬头看着北方的天空射出的金光一束接着一束，他不能眼看着精卫这么被欺负，这也是他们之前早就密谋好的方案，也许能成，也许不能成，但他们毫无退路，只能拼死一搏。而事实是，烈等人确实上当了。

夸父交代身边的将领说："守护好大家，我去去就回。"

将领递过储水葫芦，双手作揖道："是！"

夸父说完"咕咚咕咚"喝了半葫芦水，喝完将储水葫芦递给了将领，用手擦了擦嘴，喘了口粗气，望着北方，随即在沙漠上奔跑起来，体型硕大的夸父起步时很慢，但随着全身肌肉的发力，夸父的速度越来越快，像飞起来一般，脚只是轻轻踮了沙地一下就跑出老远，身边的景象如风般快速划过，原本就硕大的体型越跑越大，夸父边跑边抬头看着十个太阳飞去的方向，他要赶在精卫到达禺谷前牵制住十个太阳，不然精卫毫无疑问会命丧于他们手下。

将领和随行众人都看着夸父跑出了一阵烟，消失在沙漠的那头，天很蓝，但是异常燥热，十个太阳的光影在天空中向北方移动着。

Chapter 6

一群士兵围着羿将其抬起，朝宫殿走去。羿手捂着胸口，有气无力，不死族部队给羿的残部让开一条路。

青衣搂着瘫在地上的大荒，哭道："大荒，大荒，你醒醒，大荒……"大荒昏迷不醒。

波罗也蹲在一旁喊着大荒的名字："嘿，兄弟，醒醒，你醒来杀了我都行。"

不死族首领走过来说："善恶有道，姑娘可速去巫山取药，天帝在那里藏有八间屋子的仙药，由黄鸟看守，这里交给我收拾残局。"

青衣抬头看了眼首领，问："你从何得知？"

首领说："关于生死的秘密，我们不死族世代相传。"

青衣说："巫山据此千里有余，比翼鸟已亡，为之奈何？"

首领挥着方天画戟指着不远处的宝马骆吾，说："喏。"

青衣拍了拍波罗的肩膀，说："帮我照看好他。"

波罗还没来得及点头便看见青衣以光影般的速度跨到了马背上。只见骆吾宝马扬起前蹄嘶叫着，随即被青衣驾驭着穿过两边的阵营，飞快越过西边的围墙消失不见。

不死族首领镇定地看着对面蠢蠢欲动的穷奇大军，手里攥紧了方天画戟，突然将其指向穷奇大军，以低沉的声音怒喊了一声："杀！"所有不死族成员均举起手中的长矛大喊："杀！"声音响彻云霄，命令从队伍最前面传到后面，队伍像波浪一样举起长矛响应首领的命令，蔚为壮观。

黑压压的两方交织在一起，好一番鏖战……

Chapter 7

羿躺在房间的床上睡得很沉，一位仙风道骨的老者突然出现在床边看着沉睡的羿，然后变成一束白光从羿的耳朵钻进了其脑袋，这位老者便是肇山仙人柏子高。

大雪纷飞，白茫茫一片虚空之境，白得彻底，冷得彻骨，羿蹲在地上瑟瑟发抖，柏子高站在羿身后看着羿。

柏子高说："你应该站着。"

羿依然抱头蹲着，不言不语。

柏子高说："这不是你。"

羿说："仙人不用管我。"

柏子高说："都城百姓正在撤离路上，我柏子高倒不是担心你，你有没有想过，若烈等人返回他们会如何？"

羿想了一下，说："为之奈何？"

柏子高说："你知道答案。"

羿说："我不知道。"

柏子高说："你有没有想过，精卫可能一去不复返。"

羿似乎想起什么，喃喃自语道："精卫……"

柏子高说："不管精卫拿的《五藏山经》是真的还是假的，她都必死无疑，除非……"

羿突然起身走到柏子高面前抓着柏子高臂膀，焦急地问："除非什么？"

柏子高瞬间消失，出现在羿的身后笑道："除非问你自己。"

羿作揖道："适才有失体统，仙人莫怪，还望指点一二。"

柏子高笑道："真正喜欢一个人是可以生死以赴的，你有没有想过自己为何叫羿？"

羿摇头说："家父家母早亡，羿无从得知。"

柏子高说："凡事皆有因缘，你的名字里含有'羽'字，故善用箭，这也是你安身立命之所在，今日天下动乱，玄机亦在这个'羽'字。"

羿依然作揖道："羿愚钝，还望仙人不吝赐教。"

柏子高转身一挥手，一座巨大的雪山出现在面前，说："天帝曾赐你宝玉，那块玉不是普通的玉，三界初定，天帝曾将上古的赤弓和九支白羽箭藏于合虚山顶，那块宝玉便是一把钥匙，只有玉的主人才能拉开那把弓箭。"

羿摸了摸额头上佩戴的宝玉，问："为何是九支？"

柏子高说："天下九州，每州各铸一支，一旦射出，无人能挡。"

羿转身看着眼前白雪皑皑的合虚山问："合虚山高几许？"

柏子高笑道："山有多高并不重要，重要的是你心有多诚，祝你好运。"言罢消失不见。

羿转身作揖道："谢仙人指点。"

羿刚说完便一下子掉到了白雪皑皑的合虚山山脚下，一个踉跄差点没站稳，寒风呼啸，大雪纷飞，羿抬头看时，山峰耸入云霄高不可测。

Chapter 8

十个太阳向北方移动着，青衣正弯腰骑着五彩的宝马骍吾穿越过平静的湖面，蜻蜓点水，湖面只留下一丝丝涟漪。

青衣从茂密的森林顶部疾驰而过，骍吾像飞起来一般，像一阵风一样轻轻踩着树梢。

青衣穿过一望无际的绿茵茵的大草原，两个牧民正坐着聊天，骍吾像一束光迅速从他们眼前掠过，消失在茫茫草原的尽头。

一个牧民说："你有看见什么吗？"

另一个牧民摇头，说："你有看见什么吗？"

刚刚那个略带困惑的牧民也摇了摇头，说："我好像看见了彩虹。"说完耸了耸肩。

边上的牧民甩着皮鞭赶羊，捧腹大笑说："咩……彩虹，哈哈哈哈，彩虹。"

北方，夸父也以同样惊人的速度飞跑着，体型越跑越大，像一座小山，他正在穿越沼泽地，额头和身体已经渗出了豆大的汗珠，仰头看时十个太阳依然在移动着，甚是刺眼。夸父决定停下来喝点水，于是弯腰吸干了整个沼泽地里的水，只见原本的沼泽地变成了一座座山丘，颇有"高岸为谷，深谷为陵"之意。

一只野鸭子正用叶子盖着头漂浮在芦苇荡里睡觉，"刷"的一下突然没水了，一个跟跄瘫在了河床的泥淖里，茫然四顾呱呱叫起来。

梦中，大雪纷飞，寒风瑟瑟，羿狠狠地将箭袋里的一支箭插进雪山里，他正在岩壁上咬牙攀登着，向下看时，他已经爬了不知道多高，似乎在云端。羿咬紧牙关继续攀登，突然脚底打滑一不小心没抓牢，夹杂着脚底踩落的石块和积雪往下翻滚，箭袋里的箭也摔落下去。

只听空中一直回荡着羿"啊"的声音，等羿睁开双眼晃了晃疼痛的脑袋，揩掉身上的积雪，起身抬头看时，他又回到了山脚下，低头看时，脚边还剩下仅有的一支箭。

Chapter 9

满地金色落叶的树林里，不远处有座小木桥，再不远处有一间屋子，青衣跳下驸吾牵在手里，踱步四望，她已经不知不觉到了千里之外的巫山。

青衣突然听见了身后有沙沙作响的声音，转头看的时候又一切安静如故，像是什么都没有发生，没走两步，又听见另一个方向传来同样沙沙作响的声音，青衣立马回头看了一下，声音瞬间消失，落叶缤纷，只有脚踩在叶子上"嘎吱嘎吱"的脆响。

青衣牵着驸吾走到桥上时，忍不住停下来，站在桥边看着平静的水面，她突然发现溪水竟然是黑色的，漆黑一片，把自己身影倒映得很清楚。兀自发呆时，水面上有轻微的涟漪颤动了几下，还没反应过来，一条巨大的黑蟒蛇从水底钻出来，血盆大口，扑向青衣，被青衣一个凌空侧后翻躲开，宝马驸吾吓得仰蹄嘶叫，黑蟒蛇扑了个空，撞断了小木桥的栏杆，倏地钻进了小木桥另一侧的黑水里。

青衣牵着驸吾走在小石桥另一侧的路上，神情紧张地环顾着四周。殊不知，黑蟒蛇已经窜到了身后一棵大树上，正紧紧盘绕着那棵树，缓缓下滑，张大了嘴虎视眈眈地看着下面的青衣，而青衣竟浑然不觉。

说时迟那时快，一只巨大的黄鸟冲着青衣呼啸而来，黄鸟有着老鹰一样的爪子，青衣转头看黄鸟扑过来时还没反应过来，来势汹汹的黄鸟便擦着青衣的头顶飞过，两只爪子正好钩住黑蟒蛇的七寸，硬生生将加速冲向青衣的这条黑蟒蛇拽起升空，黑蟒蛇拼命甩动的尾巴差点扫到青衣，被青衣赶忙跃起翻到驳吾的另一侧躲过。只见黄鸟拽着这只黑蟒蛇将其丢入黑水河中，黑蟒蛇瞬间消失不见，黄鸟随即返回，飞向青衣这边。

黄鸟飞来时俯冲落地，变成一个男童，作揖道："青衣仙子受惊了！"

青衣说："你认识我？"

男童说："卑职受天帝之命看守此地，对青衣仙子时有耳闻。"

青衣问："刚刚那条黑色巨蟒为何出现在这里？"

男童说："禀仙子，此地为黑水河末端，故溪流之水呈黑色，那厮于黑水河修炼成精，贪欲难填，常觊觎藏于此处的仙丹妙药。"

青衣又问："据说有八间，为何只此一间？"

男童微笑着转身，屈膝挥臂作法，只见四周树叶旋转翻飞、树木快速移动，说："确有八间，怕引来不必要麻烦，故按八卦布阵排列，每日变幻阵法。"

青衣环顾了一下四周，发现不多不少正好有八间木屋，之前的小木桥等均消失不见，她和男童以及驺吾正站在一个由八间屋子围成的空地上，屋子外是树木掩映环绕，青衣原地转圈，看着看着露出了久违的笑容。

Chapter 10

尘烟朦胧，羿都城宫殿前前后后尸横遍野，血流成河，还有一小批为数不多的不死族士兵在戳着半死不活的穷奇，手持方天画戟的不死族首领正怒吼着转圈杀死了最后一批围攻的穷奇，六七只扑上来的穷奇的虎头被方天画戟打得流血，穷奇应声倒下，方天画戟上滴着血。

波罗瘫在宫殿台阶的柱子边，昏迷不醒的大荒瘫在波罗的腿上，有为数不多的三四个士兵手持大刀站在他们身后，刀上也沾满了鲜血。波罗正茫然不知所措地看着眼前发生的场景，困惑中夹杂着懊悔，不死族首领刚挥了圈方天画戟杀死最后几只穷奇，正一动不动地站在不远处。

波罗埋头看了眼大荒，忍不住掉下几滴泪，再抬起头时，发现不死族首领带着为数不多的一小批残部跨过尸体向远处走去。

波罗把大荒拖到柱子边放好，站起身挥手喊道："嘿，你们去哪？"

不死族首领回头看了看，沉默不语，又转身看了看两边阵亡的兄弟，攥紧了手中的方天画戟，转身时将方天画戟狠狠地击在地上。

首领咬牙切齿，喃喃自语道："120年后又是一条好汉！"

波罗等人目送不死族首领离去，不死族首领所言不虚，不死族族人一出生便吃一片不死树树叶，120年一个生死轮回，只要心脏无损，他的部下只是暂时休眠而已。

Chapter 11

风声簌簌，羿狠狠地将一支箭插进雪山里，他没有放弃，他又一次继续向上攀登，也不知爬了多久，他抬头看时似乎能隐约看见山顶了，便咬紧牙关奋力向上爬，他的箭袋因为跌落悬崖早已空掉。

终于，他的一只手出现在了山顶的边上，他紧紧地扒住了雪地，翻身上来，四仰八叉地瘫倒在地，露出了久违的笑容，寒风依然吹着，他并不觉得冷。

羿缓缓起身，发现身后确实有一块卧着的巨大石块，他用哆嗦的双手擦拭掉覆盖在上面的白雪，发现中间有一处凹进去的地方，像是一个结的形状，与自己头上佩戴的那块宝玉相仿，果然如仙人柏子高所言。羿小心翼翼地解下额头上佩戴的宝玉，放在掌心看了一会儿，然后又小心翼翼地塞进凹槽里，神奇的一幕发生了。

嘎吱一声，巨石像是苏醒一般，颤抖晃动着，伴随着"砰"的一声，石块炸得四分五裂，羿在石块炸裂的瞬间赶忙转身用手护头蹲下，回头看时发现一把通红的弓，竖着卡在剩下一半没炸完的石头上，正隐隐散发着通透的红光，九支雪一样素洁的白羽箭严丝合缝地镶嵌在石块里，白羽箭似透非透，玄妙至极，一字排开。

羿用手数着，念念有词："一，二，三，四，五，六，七，八，九。"数完用手轻轻抚摸着那把红得耀眼的弓箭。

羿将九支箭装进箭袋背好，准备取弓时发现一只手根本拿不动，于是站好用两只手，发现也很吃力。羿膝盖微微弯曲，暗自用力，猛地"啊"了一声，连人带弓一起后翻在地，羿将弓抱在怀里，幸福地仰天笑着，天空白茫茫一片。

就在羿倒地的瞬间，整个合虚山似乎都晃动了起来，像是地震一样，羿跟身边的石块、雪一起塌了下来，空中隆隆作响的震动声里夹杂着羿淹没在皑皑白雪里的喊叫声。

羿猛地从房间里的床上坐起，用一只手抹了下额头，额头上出了一层虚汗，天帝赐给他的那块宝玉也消失不见了。他以为自己做了个梦，刚准备动另一只手时，发现手里竟然拿了一把跟刚刚梦境里一模一样的弓，通体透着隐隐的红色，红得灼人。

他赶紧下床，看了下挂在床头的箭袋，里面不多不少正好有九支似透非透的白羽箭，他取出一支仔细打量了一番，这支箭似乎带着一种逼人的寒意，跟全身通红的弓显得天差地别。

他做了一个如此真实的梦，这便是宿命。

Chapter 12

禺谷四面环山，中间是一片巨大的黑色深渊，终年薄雾笼罩。

十个太阳在禺谷上空追上了精卫，烈赶在最前面拦住她的去处，并射出一束金光擦中了她的翅膀。精卫从鸟幻化成人形，一只手臂流淌着鲜血，遂赶忙用另一只手忍痛捂住。

十个火球围成一圈，将精卫团团围住，精卫悬浮在空中怒视了一下四周，她已经无路可走。就在精卫用目光环顾一周的时候，十个太阳依次从火球幻化成人形，黑色飞龙也幻化成人形站在烈的身后。

夸父喘着粗气扶着禺谷附近的一座小山，他的身体已经比这座小山还高大了，正一手持着桃木杖，一手扶着山头喘气歇息，他看见不远处的十个刺眼的太阳围成了一个圈，他知道他们已经到达了北方的禺谷。

夸父单膝跪地，弯下腰吸着禺谷深渊的水，他挥汗如雨，焦渴难耐，禺谷深渊的水像倒灌一样全部涌向夸父这边。

烈、精卫、应龙等人均发现脚下深渊的水位正在迅速降低，大家都不自觉地低头看了下。应龙突然看到了远处的夸父，指着远方一个身影说："是成都载天山部落首领——夸父！"

烈冷冷地说道："不自量力！"

应龙作揖道："卑职去去就回。"

烈摆了摆手，说："嗯。"

应龙随即化作一条黑色飞龙呼啸着钻进水里。

烈目不转睛地看着受伤的精卫，笑道："精卫妹妹，我在你身上可是花了不少时间，还要再玩吗？"

精卫怒斥道："要杀要剐，悉听尊便。"

烈伸手笑道："把它还给我吧。"

精卫掏出那卷《五藏山经》，举在面前，看了一会儿，说："想要吗？"说完手一松，那卷《五藏山经》径直掉了下去，眼看着翻转着就要掉进水里了，深渊的水依然在涌向夸父那边，水位不断降低。

烈以闪电般的速度接住了自由落体的那卷《五藏山经》，又像一束光回到了原位，小心翼翼地用手擦拭着，边打开边笑着说："你的脾气一点都没变。"

夸父正对着水面擦嘴准备起身，水面渐渐恢复平静，像一面镜子，夸父凝视着水中自己的倒影。突然，一条黑龙呼啸着从平静的水面蹿出，掀起巨大的水浪，夸父没反应过来，一个踉跄没站稳被这条黑色飞龙狠狠地掀倒在地，夸父怒吼着站起来。

应龙停留在不远处的水面上幻化成人形，双手正吸起湖面的水，只见湖面上出现了两条巨大的水柱，随着应龙的手势蹿上了天，应龙怒吼了一声，两条水柱转向交织缠绕在一起扑向夸父。

应龙的手势直抵夸父，恶狠狠地说："让你喝个够！"

夸父见两股交织在一起的水柱扑向自己，怒吼着抢起桃木杖，硬生生击打在迎面而来的水柱上，撞出了一股强烈的冲击波，双方僵持不下，两股力量之间出现了一层薄如蝉翼般透明的隔离层，这层隔离层是由一颗颗撞击出的水花形成的，灵动至极，双方在艰难地支撑着。夸父最终没撑住，被应龙居高临下的水柱击中打翻在地。

应龙冷笑一声："不堪一击。"

夸父再次挣扎着站起身时，他的体型又变大了，站着都比应龙悬浮在空中还要高，只见夸父抢起巨大的桃木杖，劈头盖脸冲着应龙的头部砸下来，应龙瞪大了双眼举起双手护头，还没反应过来就被桃木杖砸进了水里。

夸父收回桃木杖抓好，水面慢慢恢复了平静，一点动静都没有，夸父冷笑一声："骄兵必败。"

Chapter 13

烈慢慢打开那卷《五臧山经》，他的笑渐渐僵住，出乎意料，他看到上面竟然是空白的，遂气愤地将其合上，攥紧在手中，只见那卷《五臧山经》瞬间被燃烧成灰烬，烈用手研磨着从指缝间滑落的灰烬。

烈咬牙切齿地说："你千不该，万不该，就是不该拿假的《五臧山经》来骗我。"

精卫抽出皮鞭笑道："我又不知道它是真的假的，是你自己跟来的。"

烈朝指缝间的最后一缕灰烬吹了口气，手上金光渐亮。就在烈刚准备挥手射向精卫的瞬间，一条青蛇突然从斜上方射来缠绕在他的手上，烈愣了一下，只见夸父怒吼着从远处的水面飞奔而来，山一样的体型踩在水面上竟像蜻蜓点水，夸父猛地将桃木杖砸向水面，水面被击打出一束巨大的水浪，水浪朝着烈等人的方向直扑而来，大家纷纷侧身用手掩面。

夸父伸出一只手顺势收回了自己的那条青蛇，然后将其放置进桃木杖顶端的蛇纹雕刻里。待水浪停歇，夸父稳稳地站在水面上，身高竟跟烈等人悬浮的高度相差无几，大家都诧异地看着眼前的这个巨人。

烈的八个兄弟立马回到烈的身边站成一排，精卫也瞬间移动到夸父的肩膀上站稳，只有明站在中间看着两边似乎在犹豫着什么。

烈擦了擦手上的水，瞬间移动到体型硕大的夸父面前，狠狠地打了夸父脸颊一拳，但夸父似乎一点反应都没有，烈迅速抽身回位，说："看来我低估了你！"

站在烈身边的一个太阳说："明，你在干什么？"明晃着脑袋仍犹豫不决。

精卫说："明，不要学你哥哥们，他们会遭天谴的。"

烈仰天大笑道："天谴？我就是天谴！"言罢变成一个炽热的大太阳，身边八个兄弟也变成了八个大太阳，缓缓升空。

Chapter 14

波罗赶着辆破破旧旧的马车追上了在沙漠里驻扎休息的撤城部队，大荒正昏迷躺在车里。

波罗把马勒住跳下车，拽着之前那个拿着夸父储水葫芦的将领，边说边比划："水，水……"

将领把储水葫芦递给波罗，波罗又赶忙跳上马车掀开帘子，把大荒扶好倚在门框上，"咕嘟咕嘟"喂大荒喝水，大家额头都渗出了豆大的汗珠，波罗用手擦了擦大荒的额头，也擦了擦自己的额头。

抬头看时，北方的天空中有九个太阳正排成一行缓缓升空。

此刻，羿正站在宫殿的最高处，箭袋里放着寒气逼人的九支白羽箭，手里握着一把通红透亮的弓，他看了看脚下尸横遍野的惨状，也盯着九个缓缓升空的太阳看了很久。赤弓被他紧紧攥在手里，终于，他缓缓从背后的箭袋里拿出一支白羽箭。

Chapter 15

绿茵茵的大草原上，两个放羊的牧民在数着太阳。

其中一个说："上次明明是10个呀！"

另一个说："再数一遍。"

之前那个伸出手指点着数，嘴里念念有词，道："咦，是九个呀！"

青衣骑着宝马驺吾"刷"的一下从他们眼前经过，速度快得像一道闪电，只看到五彩斑斓的一束光扫过。

刚数太阳的那个牧民问："你有看见什么吗？"

另一个牧民摇头，说："你有看见什么吗？"

刚刚那个略带困惑的牧民也摇了摇头，说："我好像看见了彩虹。"说完耸了耸肩。

边上的牧民甩着皮鞭赶羊，捧腹大笑说："咩……彩虹，哈哈哈哈，彩虹。"

青衣看着一侧的九个太阳，从茂密的森林顶部疾驰而过，驺吾像飞起来一般，像一阵风一样轻轻踩着树梢。

青衣弯腰骑着五彩的宝马驺吾穿越平静的湖面，蜻蜓点水，湖面只留下一丝丝涟漪。

Chapter 16

夸父、精卫，以及站在前面的明都抬头看着眼前的九个太阳缓缓升空，一阵阵强劲的热风也迎面吹来，精卫攥紧了手中的皮鞭，夸父也攥紧了桃木杖准备迎战，明依然一动不动地站着。

只听"砰"的一声，九束强劲的光以势不可挡之势射向了夸父，夸父挥起桃木杖硬生生砸在光束的交汇点上，跟之前应龙的水柱一样，两股力量撞击出一股强烈的冲击波，但是这次两股力量之间的隔离层是红黄色的。夸父撑得很艰难，因为对方的力量实在太强了，他在水面上被踉跄逼退了好几步。

精卫被冲击波撞得掩面晃了一下差点没站稳，缓过来时立马飞跃起来甩出犀利无比的皮鞭，一把扣住了九束光，精卫猛地一拽，九束光像被扎成结一样甩飞，擦着夸父头顶上空飞过，斜着撞进了身后不远处的湖面，炸出了很高的一波水柱。

九个太阳立马变换阵形，在天上围成一圈将夸父和精卫围住，又有九束光射下来，被夸父举起桃木杖硬生生顶住，冲击波一下子散开，两股力量没有像之前那般形成一层隔离层，夸父被渐渐压下水面，精卫跃起甩起皮鞭想扣住交汇点的九束光，但发现皮鞭系上去之后根本就拽不动这九束光，精卫咬牙切齿都不管用，只能借力绕着九束光转了一圈又回到了夸父的肩膀上。

烈的声音传来，说："何必呢？"言罢九束光的光柱变得更强更刺眼了，一下子把夸父打趴进水里，精卫飞跃开停留在水面上，水面震荡起巨大的波浪，跟翻了船一样。

精卫焦急地喊道："夸父！夸父！"

明也朝水面看了看，夸父似乎消失不见了。

精卫怒吼着甩着皮鞭借力飞起，皮鞭像一束直直的闪电射向烈，只见烈迎面射出一束金光，正好撞在精卫皮鞭的银白色光线上，精卫被撞得后翻了好几圈，直接掉进了水里扑腾着露出个头。

夸父突然怒吼着从水里猛地钻出来，他用手托起落水的精卫，将其放在身边的一座山崖上，他的体型变得比之前大了近一倍，桃木杖横着抢了一圈，除了烈反应快点跃起躲开了，其余的八个兄弟都被桃木杖打中，飞出好远才在空中定住，随即九个太阳又聚集成一个圈逐渐包围夸父两人。

Chapter 17

羿注视着北方天空的九个太阳上蹿下跳地来回晃动着，缓缓地举起赤弓，缓缓地搭上右手拿着的一支白羽箭，右脚后移屈膝，身体后倾，缓缓将赤弓拉满。放眼九洲，也只有他一人能拉得开赤弓箭了。

青衣骑着宝马骀吾从沙漠的山丘上赶来，青衣看见了拖长了队伍撤城的民众，她下马匆匆奔跑，边跑边看。

波罗看见了青衣，在马车上跳起来挥手，喊："青衣，青衣……"

蛾在波罗肩头上下腾空了好几回，扭头道："丫头哎！能不能消停点？我这把老骨头哎！"

青衣赶忙跑过去，上车，扶着大荒，从怀里掏出两颗一黑一白的仙丹喂进了大荒嘴里，头也不回地伸手说："水！"

波罗赶忙把储水葫芦递上，青衣给大荒灌了两口，但大荒一点反应都没有，水并没能灌进去，青衣见此情形二话不说自己喝了口水，直接对着大荒的嘴唇将其灌进去，波罗和蛾瞪大了眼睛一动不动地看着。过了好一会儿，大荒竟然咳着醒了，像是被水呛醒了一般，看着眼前的青衣，两人相视而笑。

Chapter 18

夸父被打得伤痕累累，但依然坚挺着不曾倒下去，九个太阳围着夸父炙杀，手法与当年炙杀神女何其相似，夸父有点捉襟见肘疲于应付。

九个太阳再次围成一个圈，不过这次他们站在了与夸父身体平行的位置，分别射出九束光，像九根绳索将夸父缠住动弹不得。

应龙幻化成的黑色飞龙突然蹿出水面，飞得比所有人都高，两只爪子挥舞着，头顶瞬间乌云密布电闪雷鸣，夸父正处在乌云翻滚的漩涡正下方，应龙怒吼了一声，乌云漩涡中心一束强劲的闪电以不可挡之势射下来，不偏不倚正好打中夸父的头颅，夸父瞪大了双眼张大了嘴巴"啊"了一声缓缓倒下去。

精卫站在岩石上伸手大喊："不要！"但觉胸口疼痛，哭喊着蹲了下去。

说时迟那时快，一支冷冷的白羽箭射穿了一个太阳，那个太阳立马现出了人形，心脏正插着这支箭，那个人皱紧了眉头用一只手抓着箭埋头看了下，全身像是结冰一样迅速冻住，他随即痛苦地仰天大叫一声，冻住的姿势正是他仰天大叫时的模样，只见这个人随即像被大卸八块一样分崩瓦解，碎成好几块掉进了水里。其余人还没反应过来，均纷纷中箭，应声倒下，他们射出的缠绕夸父的金线瞬间消失。有两三支箭擦着明的身体而过，明转头看的时候，那几支擦肩而过的箭不偏不倚射中了他的哥哥们。

羿看着北方的天空有七个太阳掉了下去，继续拈弓搭箭，一支白羽箭顶着火红色的气波划向北方的天空，速度快到只看见一个很小的白点，直至消失不见，随即就是又一个太阳陨落，天色渐暗了下来，像是傍晚，只不过落日是在北方。

羿拿出箭袋里最后一支箭，稍稍转了个方向，瞄准了天空中还剩下的最后一个太阳，犹豫了一会儿，终于还是决定射出这支箭。

沙漠中的撤城群众有人架起了锅炉烧烤架等物什，均抬头看着幽蓝渐暗的天空划过一束流星般犀利的白光，这束白光快速而安静地飞向北方，飞向北方天际的最后一轮红日。

波罗站在马车旁抬头张大了嘴巴看着，神龟蜮趴在波罗的肩膀上也抬头张大了嘴巴。大荒依靠在青衣的肩膀上，两人依偎着抬头看着沙漠里傍晚的天空，很安静，很美，凉风吹过，时光静好。

Chapter 19

夸父缓缓倒下，头顶的乌云渐渐散去，烈仍用一根金线牵制着挣扎的夸父。说时迟那时快，烈自觉不妙，现出人形惊慌失措地看着身边的兄弟先于夸父倒下掉进水里，转身回望的瞬间，发现羿射出的最后一支白羽箭不偏不倚地飞向自己。烈舒展开双臂准备抵御，但根本来不及，白羽箭接触到烈身体那一刻，时间像定住一般，他连张嘴发声都来不及，就被不偏不倚射中心脏，直挺挺倒下，跟他的兄弟们一样被冻结后大卸八块掉进水里。

明看着眼前发生的一切，突然攥紧双手怒吼一声，身体瞬间爆发出了一阵强烈的红光扩散开去，将惊慌失措的应龙一下子打倒摔落进水里。红光红得耀眼，像晚霞，映满了北方的天际，精卫用手掩面挡住了这股强烈的冲击波。

夸父倒下水之前拼命侧身挣扎了一下，朝南方甩出了自己的桃木杖，只见巨大的桃木杖旋转飞旋着直奔南方而去，像一片火烧云，在明爆发的红光映衬下急速飞行。夸父看着桃木杖飞去，最终缓缓倒下，倒进水里，他看见了静谧的星空，很美，巨大的水浪最终淹没了所有尘世的记忆。

沙漠的北方通红一片，像晚霞，突然有个小孩子跳起来喊："爹爹，爹爹，快看！"大家都被小孩子手指的方向吸引过去，很多人都起身静静地看着，青衣和大荒也坐在马车上抬头看着。

这朵旋转的祥云在大荒青衣等人的上空突然慢了下来，从里面徐徐洒出晶莹曼妙的粉红色花种，像桃花的花蕊，慢慢笼罩了一大片沙漠，青衣摊开掌心，一朵桃花蕊缓缓落在上面。晶莹曼妙的桃花蕊扎进了沙漠里，神奇的一幕发生了，沙漠里没一会儿长出了无数的桃树，沙子也慢慢结成泥块，桃花开得很盛，人在桃树下，桃花翻飞，四季难辨，美妙至极。

大荒和青衣在内的所有人都看呆了，一个之前架起火烧烤的胖子手里拿着一只刚啃了只鸡腿还没来得及大嚼的烧鸡看愣住了。

Chapter 20

羿仍然一个人站在宫殿的最高处，手里拿着的赤弓低垂，北方的晚霞很漂亮，也很安静。

突然有一只鸟叫了两声急速向他飞来，白嘴黑身红脚，是精卫。精卫飞至宫殿最高处时在羿面前幻化成人形，二话不说直接抱着羿哭了起来，羿犹豫了一下，紧紧地搂住了精卫。

羿说："我以为你也死了。"精卫哭得更伤心了。

最小的太阳明随即像一束闪电出现在他们身边，羿和精卫分开，转身看着明。

羿紧紧牵住了精卫的手，看了看精卫，说："有你在身边，我死而无憾。"

精卫突然笑了，说："说什么胡话呢？"

明用纯真的大眼睛抬头看着羿，作揖道："感谢英雄不杀之恩。"

羿愣了一下，说："这是天意。"言罢抬头看了看深邃而寂静的天空，深蓝色里透着红，能看见星辰。

第六卷　当局者迷不识局

以乳为目、以脐为口的刑天把西王母等人都卷到了不周山巅，除了大荒，所有人都顿悟青衣的姑姑神女当初布的局是何等精妙，当然，所有人也都见识到了一股真正毁天灭地的力量……

Chapter 1

星空璀璨，青衣与大荒坐在沙漠上，两人面前正燃着一簇篝火，桃林的影子就在不远处，像一座蜿蜒的山脉，大荒用棍子挑了挑火。

青衣看了一下大荒，突然说："我给你换身新衣裳吧。"

大荒看了看自己身上的衣服，笑道："不要浪费了，我身上这身挺好，旧是旧了点，却是我师傅给我做的。"

青衣看着大荒的眼睛问："大荒，你看着我眼睛，你说实话，你真的是《五臧山经》的主人吗？"

大荒耸了耸肩说："我也不知道，刑天说的。"

青衣转头喃喃自语道："刑天……"

大荒咬牙切齿道："就没头的那个怪人，他竟然把我关了一百年。"

青衣噗嗤一声笑了："那你一百年都干了什么啊？"

大荒说："学了很多东西。"

青衣问："还有呢？"

大荒看着天空想了想，说："还有想我师傅。"

青衣问："你还想谁啦？"

大荒皱了皱眉，扒着手指说："蝂，波罗，还有……还有你。"

大荒还没说完便转头深情地看着身边的青衣，青衣面若桃花，头微微低下，默而不语，大荒缓缓靠近，青衣轻咬朱唇，闭上双眼，两人相拥深吻。

突然一阵狂沙吹过，篝火在风中颤抖着，两只火红的巨鸟突然从天而降，正是传说中的凤和凰，凤为雄，凰为雌，雌鸟头顶有红色的冠，体型要比雄性的凤小一点。

青衣说："凤凰？"

青衣还没说完，一只巨大而凶猛的青鸟从天而降停留在凤凰的中间，青鸟背上下来一位蓬头戴胜的妇女，瞬间移动到篝火旁看着青衣和大荒，此人便是以酷刑让三界闻风丧胆的西王母。

西王母轻轻鼓掌，笑道："好一对俊男靓女，你姑姑抱着你的时候，你还是个小娃娃，多年不见，竟出落得如此精致。"

大荒问青衣："此人是谁？"

青衣皱了皱眉说："西王母，居东海边，以酷刑让牛鬼蛇神闻风丧胆，小时候听姑姑提过。"

西王母走到篝火的另一边，说："你姑姑倒是神通广大，只可惜世事难料。"

青衣冷冷地问："你我素昧平生，不知今日缘何来此？"

西王母说："你当真不知？"

青衣摇头，说："不知。"

大荒站起身说："为《五藏山经》，是吧？"

西王母瞬间移动到大荒面前抓住了大荒的衣领，将其拎起来，露出两颗老虎一样的牙齿，恶狠狠地说："这里没你说话的资格，小白脸。"说完将其扔出几步远摔在地上。

青衣赶忙起身追到大荒身边，扶起并掸掉大荒身上的沙子，生气地看着西王母说："他是《五臧山经》真正的主人，你有什么资格碰他。"

西王母缓缓朝他们走来，说："男人没一个好东西！弱不禁风！《五臧山经》的主人？连这种弥天大谎你也信？"

大荒看着青衣，刚准备说话，顿觉胸口被西王母拽得有点疼，忍不住咳嗽起来。青衣赶忙说："你别说话，你说什么我都信！"

西王母继续朝这边缓缓走来，说："我倒想见识见识《五臧山经》的主人到底有多厉害。"言罢只见西王母像一束闪电般跃起，怒吼着伸出一只手掌冲着大荒的头顶扑下来，这是西王母最擅长的河东狮吼，声音的冲击波让大荒和青衣身边的地面被震成一个塌陷的圈。

青衣赶忙起身，运气蓄力，也伸出一只手，准备使出一招盘古星云挡住西王母凌厉的攻势，但盘古星云刚展开没多大，只见西王母在快要接触到盘古星云的一刹那迅速收手，后翻至盘古星云的边缘，绕着盘古星云移动一圈，像推面皮一样将盘古星云推回至中心点，即青衣手掌那边。刚展开的盘古星云瞬间又被西王母推回了青衣的手掌，还没等青衣反应过来，西王母停落在青衣面前一下子点住了青衣的穴道，青衣僵住不能动弹，只能用嘴说话。

西王母说："哼！我跟你姑姑打天下时，你还没出生呢。"

大荒赶忙起身，焦急地看着青衣，说："青衣……"

大荒随即转身对着西王母说："你……"

西王母瞬间移动到大荒面前，用手掐住大荒的脖子，说："年轻人应该知道什么叫礼节。"大荒的脸涨得通红，双手抓住西王母的手，但并不管用。

青衣赶忙说："我给你《五臧山经》。"

西王母听完松手，说："废物！"说着走到青衣跟前，大荒咳嗽不止。

青衣说："不过你得先解开我的穴道。"

西王母照做，但青衣解开穴道后立马蹲下身子搂着大荒问："大荒，你没事吧？"

大荒摆摆手说："没事！这么凶，真不知道有谁会要你？"

西王母像是受刺激一样，脚底生风刚准备一掌劈向出言不逊的大荒，青衣瞬间挡在大荒面前，西王母准备扣喉的手在青衣的脖子前定住，彼此沉默了一会儿，狂风吹过篝火，火焰颤抖不止，西王母径直朝火焰处缓缓走去，她盯着颤抖的火焰陷入了不堪的回忆。

Chapter 2

新婚燕尔之夜，喜庆的闺阁婚房，处处点缀着大红大紫的物什，那时的西王母尚青春正好，一袭红色衣裳，艳丽妆扮，一个看不清面容的男子正抱着西王母走向房间的小床，撩开帷帐，你侬我侬。

夜深了，一切都安静了，西王母在床上转身时发现枕边的丈夫竟然消失不见了，于是猛地掀开被子起身，走到梳妆台铜镜前，将手伸进铜镜里取出一个宝盒，赶忙打开，发现盒子里竟然空了，里面只有一个凹进去的小坑。这宝盒之前是放内丹的，是夫妻俩这么多年共修的内丹，服食下去法力大增。

西王母知道大事不好，攥紧了手中的空盒子，将其捏得粉碎，尖叫着打翻了梳妆台上所有的东西，东西摔碎一地。

黑云翻滚，风声呼啸，刑天与西王母丈夫相对而立，那时刑天的头还在，刑天好斗，西王母丈夫更好斗，只见西王母丈夫缓缓吞下那颗内丹，周身经脉似乎膨胀起来，风吹得更紧了。西王母丈夫舒展开双臂，双拳间似乎有闪电贯穿，两人对峙了好一会儿。西王母丈夫一声怒吼便跃起冲向刑天，一只拳头举得很高，准备狠狠抡刑天一拳。

刑天缓缓闭上眼，攥紧了手中的巨斧和盾牌，脚尖轻点升空旋转了一圈，像一道闪电飞得比西王母丈夫还高，然后巨斧竖着向下狠狠劈出了一道光，随即又回归原位站好。

西王母赶来为时已晚，她只见到了刑天劈出的唯一一束也是最后一束光，自己的丈夫正在自由落体，额头上有一条竖着的细细的血丝，没有流血，西王母抱着自己的丈夫旋转降落。

西王母哭着问："为什么？为什么？为什么？"空中传来西王母凄厉的叫喊声。

Chapter 3

沙漠的远方响起了雷声，北方天际的乌云也渐渐翻滚过来，狂风渐起，火焰颤抖得更厉害了，西王母一步步挪向篝火。

西王母似喃喃自语："为什么？我打不过刑天，我只想救回夫君的命，问问他到底爱不爱我，如果爱，为什么新婚燕尔之夜要抛下我一个人？输赢真的那么重要吗？这到底是为什么？"

西王母说完像发疯一样怒吼了一下，篝火被震得四下飞散，吓得对面的凤凰和青鸟赶忙飞到一旁。大荒和青衣赶忙头靠头捂住耳朵互相搀扶着，大地慢慢停止颤抖，一切似乎又恢复了平静。

青衣伸出一只手，掌心向上，一卷竹简样透着紫色光亮的东西出现在掌心上，西王母转身看着青衣手上的这卷《五臧山经》默而不语，青衣看了看大荒，大荒点了点头。

但是突然又一波越来越强的震颤袭来，北方似乎有一大波不明来历的部队前来，大地的震颤夹杂着不知言语的咆哮，大荒和青衣面面相觑，青衣赶忙收起掌心光束笼罩的《五臧山经》。

西王母看得入神，还没反应过来，伸手说："你……"
青衣说："凡事都有代价！"

狂风呼啸，沙尘四起，伴随着滚滚而来的乌云和雷电，嘶喊声由远及近，一大批手执圆月弯刀的犬戎族大军正骑马飞奔着，犬戎族部落有着人的身体和狗一样的头颅，说人话。为首的一位首领正骑着一匹俊俏的白马呼啸而来，这匹白马长着红色的鬃毛，目若黄金，闪闪发光，此马正是他们掳来的宝马吉量，骑它长寿千岁，首领骑在马上嘶喊得最甚。

突然犬戎族大军的前面出现了漫天的金光，照亮了黑漆漆的大部队，是凤和凰两只巨鸟在扑腾着翅膀，通体像是燃烧一般，西王母乘坐着透着幽绿色的青鸟停在正中间，犬戎首领举起圆月弯刀勒马停下，犬戎大军见状也立马停下，他们身后依然乌云翻滚电闪雷鸣。

首领昂着狗头，用圆月弯刀指着西王母道："挡我者死！"

西王母说："现在滚回去还来得及，在我没反悔之前。"

首领仰天大笑道："犬戎族受烈之托找寻《五藏山经》，此事若成，则平分天下，如今烈已死，恐怕，这里还没你这个疯婆子说话的份吧？"说完冲着自己的圆月弯刀吹了口气，犬戎大军皆举起圆月弯刀群情激奋。

西王母冷冷一笑，说："是吗？"

只见两只巨大的凤凰盘旋飞至高处，不仅翅膀冲着犬戎大军扇出了长长的火焰，而且随着凤凰一声声尖厉的叫声，一束束猛烈的火焰像一支支箭般直接射穿了一个个骑在马上的犬戎士兵，士兵们应声倒地挣扎，部队里火光一片，凤凰随即在犬戎部队上空来回盘旋着扇火、吐火，犬戎部队顿时乱了阵脚。

犬戎首领拽着眼睛发着金光的宝马吉量，惊慌失措地喊："弓箭手！"

黑漆漆的犬戎大军最后方上来一批拿着弓箭的部队，二话不说"嗖嗖嗖"地仰天射出了一大波弓箭，两只凤凰立马飞回西王母这边，西王母见状从青鸟身上跃起，张开手臂，身体微微前倾，张大了嘴巴咆哮了一声，好一阵河东狮吼，一股强劲的气波冲向密密麻麻的箭阵，所有的箭均直勾勾地九十度大转弯钉在了地上，也射中了前面好多犬戎士兵，许多箭硬生生插在犬戎首领的身边，首领惊慌失措地躲闪着。西王母再一声河东狮吼，基本上所有的犬戎士兵都捂着耳朵跌落下马挣扎着，有不少人吐血身亡，站在最前面的犬戎首领也倒在地上捂着耳朵吐着血，西王母又缓缓落在青鸟身上。

火凤凰心有灵犀地冲着犬戎首领各射出一束细而长的火焰，伴随着火凤凰一声尖厉叫声，火焰打在犬戎首领身上立马将其全身点燃，犬戎首领尖叫着挣扎着，目若金光的宝马吉量惊慌失措地往回跑。乱军回头看着犬戎首领身上燃烧的火焰，跟周围其他倒在地上的燃烧着的士兵，正好构成一个大大的"死"字。

西王母对着死去的犬戎首领说："恐怕你永远都不会知道死字怎么写了。"

后方黑漆漆的犬戎族残部慌不择路，乱作一团，打哪来回哪去，天上的乌云也渐渐消散，大大的"死"字依然在燃烧着，抬头看，星空依然璀璨。

Chapter 4

星空的深处突然出现一个巨大的漩涡，所有的星辰像是被扭转了一样，漩涡中间是一个巨大黑洞，西王母还没反应过来就被一个巨大的盾牌黑影劈头盖脸砸下来，随即跟青鸟、凤凰一起被吸进了黑色的通天柱里，黑色的通天柱以摧枯拉朽之力吸着沙漠里的一切，沙漠里狂风大作，沙子绕着通天柱刮成了漩涡，在一旁看着的大荒、青衣也毫无抵抗力地被吸了进去。

星空深处的漩涡渐渐闭合，通天柱瞬间消失，沙漠里恢复了平静，沙子覆盖了一切，像是什么都不曾发生过，星空依旧璀璨。

波罗从沙漠的另一边跑来，边跑边喊："大荒，青衣，大荒……"还从脚底掏出一根燃着青烟的木棍。

蜮趴在波罗肩头，嘀咕道："丫！刚明明有动静的啊。"

波罗环顾了一下四周，偷着乐，嘘声对蜮说："不晓得躲哪干坏事了。"

蜮："我就说那姑娘看我家小主人有意思。"

波罗："还要你说？"

蜮抬头看了看星空，它瞥见了漩涡闭合最后一瞬间的亮光，但它也不知道到底发生了什么，沙漠的夜晚如梦似幻，安静极了。

Chapter 5

大荒、青衣、西王母等人均身不由己旋转尖叫着向上穿行，青鸟和凤凰也同样身不由己地扑腾着，日月星辰从身边快速擦肩而过，光线似乎越来越亮了。终于，所有人都狠狠地摔在了一座山峰的悬崖上，云雾缭绕，彩霞漫天，他们脚底下踩着的正是天柱不周山，比昆仑山还要高，但没有昆仑山钟灵毓秀，甚至可以用光秃秃来形容其惨淡之状，就这么扭曲突兀地矗立在天地间。不远处可以看见方圆八百里、高万仞的昆仑山，昆仑山周围被几百里深渊、几百里火山、几百里森林环绕着。

凤凰环绕着不周山飞翔着，青鸟则乖乖地待在西王母身边，大家赶忙站起来拍拍身子整理一下妆容，正环顾时，只见手持巨斧和盾牌的刑天出现在他们面前，刑天依然没有头颅。

刑天说："很抱歉用这种方式把你们请来。"

西王母看见刑天分外眼红，恶狠狠地冲着刑天怒吼："刑天！"

刑天轻轻挥了下巨斧，西王母河东狮吼的声波撞在巨斧一侧便被轻而易举挡了回去，西王母被自己的声波震伤在地，刑天看都不看西王母一眼，径直走向大荒那边。

西王母瘫在地上手捂胸口吐了口血，看着刑天从自己眼前经过，眼神恨不得把刑天吃了，只见西王母猛地翻身跃起飞至刑天身后准备偷袭刑天，不曾想刑天的身影以光速移动到西王母的上方，抡起盾牌狠狠地打向西王母，直接把西王母打倒在地，西王母撞击落地时震出一圈尘土，这次的表情愈加痛苦不堪。

刑天站在西王母面前，缓缓地说："既战之，则服之，你丈夫贪斗，死而无憾！我不想对女人动手，否则几百年前你就去陪你丈夫了！"

西王母趴在地上啜泣不止，像个无助的孩子，青鸟弯下头在西王母脸颊旁试探了一下。

刑天走到大荒面前说："我们又见面了！"大荒沉默不语。

刑天走到一旁的青衣面前说："把《五臧山经》拿出来吧。"青衣沉默不语。

刑天转身背对着他们，说："我对你们已经够有耐心了，我数到三，一、二、三……"

大荒和青衣在刑天数数的时候面面相觑，彼此的手紧紧牵在一起，他们没有把《五臧山经》交给刑天，刑天数到三的时候拖长了一会儿，但见大荒他们没反应，瞬间移动到大荒身后，抡起盾牌砸向大荒的后背，大荒一个踉跄没站稳，手从青衣的手中滑开，被盾牌打得朝前翻了几个滚，差点掉下悬崖，幸亏青衣及时扑上去用手拽住，大荒的身体在悬崖峭壁边晃动着。

青衣探着身子喊："大荒……"

刑天走到悬崖边，看着远方说："我再给你们一次机会，一、二……"

青衣在刑天还没喊到二的时候哭着说："我给，我给！"

大荒咬牙切齿晃着说："不要！"

刑天手中的盾牌瞬间消失，以光影般的速度将大荒拽上来，狠狠甩在地上，大荒趴在地上吐掉口中的泥土，刚准备起身又被刑天以极快的速度拎起来抢在另一边，大荒止不住咳嗽。

青衣挡在大荒面前，说："够了！"随即掌心向上，那卷《五臧山经》出现在紫色光束笼罩之中。

青衣挥向刑天，说："拿去！"那卷《五臧山经》便像一束光飞向刑天，刑天瞬间伸手接住。

大荒奋力起身，伸出一只手说："不要！"他的寿麻师傅叮嘱过：《五臧山经》千万不能落入刑天之手，但此刻似乎为时已晚。

青衣扶着大荒的肩膀说："我曾将使命看得如此之重，后来我渐渐发现，自己错了，错得离谱，这个东西已招致如此多的祸端。大荒，我不想再失去你了，不管你是不是它的主人，也许从一开始，关于《五臧山经》的传说就是一个谎言。"

大荒嘀咕："谎言？"

刑天的一只手暗自用力，松手，那卷《五臧山经》像施了魔法一般瞬间打开变大，而且是竖着环绕着刑天，刑天手持巨斧旋转着看着，面无表情，突然怒吼一声，挥出巨斧将周身环绕的那卷《五臧山经》拦腰劈成两截。

西王母抬头大笑道："不曾想，你刑天也有上当的时候。"

刑天站在那边攥紧了手中的巨斧狠狠地击向地面，大地一阵剧烈的颤抖，青鸟扑腾着飞起再落地。青衣看了看西王母，又看了看刑天，捡起落在自己面前的碎片，大荒也蹲下捡起另一片看了下，上面竟然是空白的。

青衣喃喃自语道："这不可能……"

刑天用低沉怒吼的声音说："你们不要再演戏了。"

青衣喊道："我们没有！除了我姑姑，再无人见过《五藏山经》，就连我自己都不曾打开过。"

刑天冷冷地说："你若不交出真的《五藏山经》，我便杀了它的主人。"说完用巨斧指向大荒。

大荒攥紧了拳头，一动不动盯着刑天，青衣看着两人对峙，在一旁焦急地拽着大荒，她真的不知道这到底是怎么一回事。但大荒并没有什么反应，衣袖间开始生风。

青衣边拽边喊："大荒……"

刑天突然怒吼着跃起，巨斧的斧锋竖着劈向大荒，只见大荒一把推开青衣，双手交叉，巨斧正好劈在刑天送给大荒的那副上古手环上，电光火石间，大荒和刑天之间瞬间出现一层紫色的隔离层扩散开，刑天被震得后翻了两圈才落地站稳，大荒也被震得一个踉跄后退了两步。

西王母喃喃自语道："除了天帝，三界能抗刑天之力者恐仅此一人了，他果然是《五藏山经》真正的主人。"

刑天被激怒了，盾牌瞬间出现在手上，举着巨斧迅速跃起，天上的风云像是受到召唤一般，竟突然开始旋转起来，之前的祥云逐渐变成了电闪雷鸣的乌云，巨斧搅出直至云端的漩涡，凤凰在不远处飞翔着，通红的颜色显得很扎眼。

刑天说："我倒很想试试传言中《五臧山经》的主人能不能被杀死。"

天象俨然全变，刑天正在收集九天的力量，举起的巨斧连接着闪电，电光四射，只听刑天一声怒吼，将巨斧引来的闪电甩向站在悬崖上的大荒，大荒竟然一跃而起腾空伸出一只拳头冲向了刑天射来的闪电，拳头与闪电接触的那一刻也出现了一层紫色的隔离层，大荒抵挡得很艰难，风声猎猎，身上的衣服也被撕破了。

刑天自己迅速下落，抡起巨斧劈向大荒的这层紫色隔离层，隔离层瞬间消失，大荒也被震得后翻跌落，刑天并没有就此罢手，而是在大荒被震得后翻的瞬间又竖着劈出一斧子，一束白光正好切中大荒的眉头和身体，大荒的额头出现了一道细细的血丝，跟西王母丈夫当年被劈后一样，大荒瞬间摊开双臂自由落体，青衣赶忙飞上去接住大荒，大荒面色苍白地看着青衣，缓缓闭上了双眼。

Chapter 6

昏天黑地，风云涌动，火星四溅，青衣抱着大荒旋转降落，大荒深情凝视着青衣。

大荒回想起了第一次在悬崖顶误打误撞遇见青衣擦肩而过时的场景。

大荒回想起了乘坐在蛮蛮身上他攥紧双手准备抱青衣时的场景。

大荒回想起了青衣在百花生日的花朝节给他跳舞时的场景。

大荒回想起了青衣手忙脚乱喂他吃药喝水的场景。

大荒回想起了两人在沙漠篝火前深情对望相拥深吻的场景。

大荒回想起了记忆深处的一条白里透红的小鱼……

大荒耳畔一直回响着青衣叫他名字的声音，但他不能应答，他眼睛闭上前世界仿佛震动了一下，他似乎看见了黑暗中的一束白光。

青衣抱着大荒着地，将大荒平放在地上，双手抚摸着大荒的脸颊，刑天缓缓落地出现在他们身后，之前黑云翻滚的天空又变成祥和一片。

青衣哭喊着："大荒，大荒……"

刑天说："哼，不过如此！"

青衣闻言转身跃起，从袖中甩出三瓣雒棠树花瓣，刑天瞬间消失出现在青衣身后，青衣立马压低身腰又射出三瓣，刑天轻轻晃了下巨斧，只见三瓣雏棠树花瓣顿时反弹射向青衣，青衣身体左右晃了一下，各躲开一瓣雏棠树花瓣，两片花瓣擦着她胸口和脸颊呼啸而过。刑天手上的盾牌瞬间消失，他迅速移动到青衣面前，用手抓住了剩下的一瓣雏棠树花瓣，因为这瓣雏棠树花瓣直抵青衣的喉咙而来。

刑天将手中的雏棠树花瓣碾碎，说："不要再徒劳了！"

刑天往前走了几步，转头看着青衣说："你没有说谎！"

青衣哭着趴在大荒身上，她看见大荒的衣服已经被打得支离破碎，于是从怀里掏出一件薄如蝉翼般的白色衣服，缓缓扶起大荒半坐在地上，笨拙地给他穿上这件白色的衣服，这件衣服的胸口还有姑姑当年钉上去的一瓣雏棠树花瓣，青衣小心翼翼地用手摸了摸。

青衣边穿边说："大荒，换一身新衣裳，我会永远记得你白衣翩翩的模样。"

青衣说完抱着大荒失声痛哭，西王母看着眼前的情景也暗自抹眼泪，青衣的眼泪一滴接着一滴地滴在大荒刚穿上的翩翩白衣上，眼泪也滴在青衣的手上，然后滑向衣服。

刑天突然转身环顾悬崖四周，感觉天地间有无数晶莹剔透、五彩斑斓的光点正缓缓升空，升上云层，这是何等奇妙的景象。

大荒的小拇指竟然动了起来，青衣仍然抱着大荒哭着。

大荒突然抬起手臂抱着青衣，说："喂，我的腿快被你压麻了。"

青衣扶着大荒的肩膀发愣，赶忙用手擦了擦眼睛，她以为自己看错了，用手摸了摸大荒的额头，那道血丝也消失不见了。刑天也赶忙转身看着眼前发生的一幕，简直难以置信，西王母也盯着大荒看愣住了。

西王母喃喃自语："怎么可能？"

刑天语气带着急躁地说："这不可能！"

大荒摸了摸青衣的脸，笑道："我的腿真麻了。"

青衣赶忙笑着起身，说："我是在做梦吗？"

大荒起身，深情地看着青衣，摸了摸青衣的头，说："傻丫头，梦才刚刚开始。"

大荒说完脚尖轻轻一踮，瞬间旋转升空，舒展开双臂，有越来越多的晶莹剔透、五彩斑斓的光点正穿过云层汇聚而来，所有人都难以置信地看着大荒，只见大荒仰头闭目，像是沉醉在如梦似幻的另一个世界里。

Chapter 7

天空彩霞漫天，桃树林里的花瓣正反向缓缓朝着天空飞去，波罗、蛾，和所有人都抬头看着这离奇的一幕。

羿和精卫仍然站在宫殿的最高处，羿手里仍拿着那把赤弓，大地上不计其数的五彩斑斓的光点都在升空，升至紫色漫天的天空。

精卫突然说："紫光漫天之际，尘埃落定之时。"精卫说完看着羿，羿也看着精卫微微一笑，羿将赤弓挎在身上，扶着精卫的双肩，两人的侧影沉浸在漫天的祥和里，脚底下是看不见尽头的尸体。

刑天怒吼着："这不可能！"

西王母艰难地起身，抬头看着天空笑道："《五臧山经》定贤主宿命，集注了九州的山川灵气，属至阳之物，而眼泪是人世间至阴之物，两者结合可以起死回生，当然，也可以毁天灭地。"

青衣看着西王母，困惑地问："真的有《五臧山经》吗？"

西王母看着青衣说："你姑姑果然老谋深算不减当年，她给你的《五臧山经》当然是真的，不过，她早已悄悄地将《五臧山经》里的字剥离出来，以经天纬地的手法交织在这件雏棠树树皮制成的白衣里，那才是真正的《五臧山经》，天地间所有的力量和奥秘都蕴藏在里面。"

青衣陷入沉思，说："姑姑……"

西王母笑道："'圣人代立，于此取衣！'你姑姑没告诉你吗？"

青衣看着漫天的祥瑞发呆，晶莹剔透的光点像极了当年雏棠树漂浮着的花瓣，她觉得很美，美到让人沉默。

第七卷　不周山断天河水

紫光漫天之际，当是尘埃落定之时，但一道黑影突然以迅雷不及掩耳之势撞向不周山，天柱拦腰断裂，天河之水倾泻而下，地表失衡倾塌亦引来海水倒灌，大荒和青衣是否真能力挽狂澜？

Chapter 1

昆仑山一清幽僻静的山壑里，有青山绿水，有瀑布溪流，有茂林修竹，有祥云在顶，有仙雾缭绕，还有一座长满奇花异草的小岛，湖水静谧如镜，水汽蒸腾，值得一提的是，小岛上有一棵枝繁叶茂的参天古树，名唤雒棠树。雒棠树下及周围无时无刻不在缓缓降落着像蒲公英一样的粉白色的花朵，地上也铺满了一层浪漫的花土，阳光斜射进来，祥瑞怡人。

雒棠树的树干上正在缓缓生长着一层薄薄的乳白色的树

皮，"圣人代立，于此取衣"。天下若有圣人出现，雒棠树就会冥冥中感应到，并生长出乳白色的树皮，这层树皮可以用来制成衣服给那位大德大贤的圣人穿上。

雒棠树旁还架着一把古琴，面前的茶器等均闲置着，青衣的姑姑神女着紫色衣袍，正一个人盯着眼前的雒棠树发呆。

只见神女伸出一只手，一卷竹简样的东西突然从雒棠树树干里出现并迅速移动到神女的掌心上，有紫色的光护着这卷"竹简"，神女抬起另一只手轻轻动了一下，"竹简"缓缓打开，悬浮在神女的面前，上面透着白色发光的字符，这些字符似乎还会动，玄妙异常。

神女来回摆动着一只手，雒棠树皮制成的那件白衣悬浮在空中，似水浪般灵动，似牛乳般朦胧。神女接着用另一只手顺着"竹简"的方向摸了一遍，所有的字像是被剥离出来一般悬浮在空中跳动着，神女双手齐舞，将这些字横向竖向糅杂在一起，速度越来越快，最终将其全部注入悬浮在另一侧的那件白衣里，白衣的纹理脉络瞬间清晰明朗了。

神女松了口气，将"竹简"收好打回雒棠树里，顺手将那件衣服收至掌心深情注视了良久，也抬头看着巨大的雒棠树下漫天的雏棠花沉默了良久。

Chapter 2

大荒在天际舒展着双臂，五彩的祥云似乎从四面八方聚拢过来，夹杂着下界蒸腾上来的精灵样的光点，所有的灵气正环绕着大荒缓缓旋转，天空呈现出一片大海般波澜壮阔的景象，只不过这片一望无际的大海是橙黄色夹杂着通透的红色的。

一个小孩子在院子里蹦蹦跳跳地喊："奶奶，奶奶，天跟蛋黄一样。"

奶奶拄着拐棍，边走边说："小孩子瞎掰掰，天怎么能是蛋黄呢？"她走出屋门缓缓抬头看时却惊呆了，天空竟是如此的诡谲而梦幻。

波罗和蜮也看呆了，身边所有的平民和士兵都抬头看呆了。

羿和精卫仍在宫殿最高处深情相拥。

刑天手执巨斧和盾牌怒吼一声飞至大荒的对面，两人面对面在空中对峙而立，大荒缓缓睁开眼看着刑天。

大荒笑着说："不好意思，可能要让你失望了。"只见大荒舒展开的臂膀双拳紧握，突然暗自用力，手腕上的两个上古金圈"砰"的一声崩得四分五裂，刑天身体微微一动暗自惊叹。

刑天怒吼一声举起巨斧跃向大荒，不曾想大荒的速度竟比刑天还要快，瞬间移动到刑天的身后，狠狠在刑天后背上打了一拳，刑天被打倒翻了两个跟斗才站稳又升空至与大荒平行的高度。刑天又以极快的速度冲向大荒，大荒迅速躲闪到一旁，对刑天一顿拳打脚踢，刑天略显狼狈。

刑天啐了口唾沫说："三界之内恐怕还没人敢如此对我刑天。"

大荒笑道："你已成历史，我已经来了。"

刑天怒吼着挥舞着盾牌和巨斧，电光火石之间，电闪雷鸣，身后乌云渐渐聚拢而来，刑天的头顶正是乌云漩涡中心所在，刑天举起巨斧接收着漩涡中心射下来的雷电的力量，与更大背景中的祥云显得格格不入。

青衣在底下喊道："小心！"

大荒耸了耸肩，说："我真心不太喜欢黑色。"只见大荒说完舒展开双臂，两袖生风，随着他的双臂渐渐抬起，天上大海一样波澜壮阔的祥云以更加快速的速度旋转起来，大荒的头顶正是祥云漩涡的中心所在，这股力量明显要比刑天那股力量强千百倍。

刑天在原地横向朝大荒挥了一斧子，一道凌厉的白光迅速扫过来，大荒弯腰也挥了一下手，像是抓住了好多光点，一道五彩斑斓的由天地间光点构成的光硬生生撞向刑天射来的那道斧气。刑天又微微跳起来斜着劈出一斧，大荒以相应的姿势化解，刑天又翻身跳至另一边劈出一斧，大荒同样化解，两人如此针锋相对多个回合，大荒信手拈来的五彩精灵竟似取之不尽用之不竭。

大荒说："该我了！"

只见大荒怒吼一声，举起双手，像是将天上的祥云漩涡搬起来一样，狠狠地砸向刑天那边，迅速将刑天的那块相比之下小巫见大巫的乌云吞没掉，漩涡在刑天头顶逐渐压低，刑天朝漩涡劈了好几斧子，射出的凌厉的白光都被旋转的祥云漩涡扭曲分解消化吸收了，刑天慢慢被裹挟在漩涡中间，狂风绕着刑天，漩涡越收越紧，天上的云都在往这边聚，刑天整个人都被裹住看不见了。

突然天清气朗，蔚蓝的天空出现了，还有部分祥云，如大荒他们刚被刑天带到不周山悬崖上一般正常。祥云漩涡最后瞬间变成一件弹性十足的衣服，将刑天紧紧裹住，刑天在里面挣扎着动弹不得，像是当年与天帝之战时被《五臧山经》裹住一般，他的巨斧和盾牌突然掉了下去。

大荒瞬间移形换影将手一伸，把坠落的巨斧拿在手上，二话不说跃起，横向竖向朝刑天劈了两斧子，然后站稳说："你我本无冤无仇，这是替我两位师傅还你的。"刑天还没来得及反应，便突然变成四块陨落，大荒将巨斧也一起扔了下去，烟消云散。

凤凰飞来，大荒坐在了凤的身体上，盘旋至悬崖边，伸手示意青衣也上来，青衣立马跃起跳到了凰的身上，两人绕着不周山巅峰遨游在天际祥云中。西王母带着久违的笑意看着他们，千百年来她都活在怨恨里，从不曾觉得天地如此开阔。

西王母说："凤、凰就送你们当见面礼了。"大荒青衣相视而笑，凤凰自是心有灵犀。

Chapter 3

突然一束黑影从更高的天际撞向不周山，伴随着一声怒吼，竟拦腰将不周山撞断，不周山耸入云霄的上半截正缓缓倒下，西王母一个踉跄差点没站稳。

不周山乃天柱，天柱断裂，天地为之一震，天河之水立马一泻而下，地表失衡亦引起海水倒灌。大荒和青衣面面相觑，所有人都愣住了不知所措。

大荒说："不好！"随即骑着凤飞向不周山那边，青衣赶忙随后追上……

终 章

哈佛大学报告厅里掌声雷动，大屏幕上正旋转着的星云，与大荒所唤醒的集注了九州山川灵气的漫天祥云何其相似，著名天文学家卡尔·萨根博士演说完毕，正鞠躬向台下的师生致谢。

卡尔·萨根："就像太阳一样，宇宙的力量是魅力无穷的，当然，在座的各位也一样，因为你们一定也是另一些人的全世界。谢谢！"

乔丹·波罗兀自出神，全场所有人都起身鼓掌时，他竟毫无察觉，仍一动不动地坐着，随即被身旁的同学艾莉丝猛地拽起，才似乎回过点神来。他像一只惊慌失措的小鹿茫然四顾，视线移到主席台上时，卡尔·萨根博士正笑意盈盈地凝视着他。掌声渐息，他知道自己成了全场的焦点。

卡尔·萨根笑问道："嘿，波罗，你是不是要跟我们分享什么？"

乔丹·波罗略显紧张，低头望了望手中紧紧攥着的那本古旧的书《波罗游记》，封面上赫然印着两段话，中文意思是：

总有些故事你不信，

但他们确实是历史。

乔丹·波罗一脸严肃地望着卡尔·萨根博士，咬紧牙关说道："总有些故事你不信，但他们确实是历史。"报告厅里所有同学都将诧异的目光投向波罗。

卡尔·萨根耸了耸肩笑道："噢，是吗？什么样的故事？"

乔丹·波罗嘴角泛起一丝笑意，眼神笃定，神态从容，只听其缓缓吐出一个词："海洋！"

像太阳东升西落，像人类生老病死，星球上冥冥中总存在着一些你抗拒不了的规律，或者说，使命！